书有道 • 阅无界

策划出品 | YUEKE 阅客

成事之道漫笔

曾志平／著

中国文联出版社

图书在版编目（CIP）数据

成事之道漫笔 / 曾志平著．-- 北京：中国文联出版社，2018.11（2023.1 重印）

ISBN 978－7－5190－4010－9

Ⅰ.①成… Ⅱ.①曾… Ⅲ.①回忆录—作品集—中国—当代②随笔—作品集—中国—当代 Ⅳ.①I251②I267.1

中国版本图书馆 CIP 数据核字（2018）第 262952 号

著　　者　曾志平
责任编辑　邓友女
责任校对　赵海霞
装帧设计　中联华文

出版发行　中国文联出版社有限公司
地　　址　北京市朝阳区农展馆南里 10 号　　　邮编　100125
电　　话　010－85923025（发行部）　　　85923091（总编室）
经　　销　全国新华书店等
印　　刷　三河市华东印刷有限公司

开　　本　710 毫米×1000 毫米　　1/16
印　　张　11
字　　数　190 千字
版　　次　2023 年 1 月第 1 版第 2 次印刷
定　　价　75.00 元

序

道亦道非常道

——读《成事之道漫笔》有感

曾志平先生是位成功人士。在作协圈里，大家都对他非常敬重。因为他为人低调、谦逊、没有架子。他经常说的一句话就是：我只是运气好。经他这么一说，大家也许觉得他真是时运的宠儿。年轻时从政，从普通职工到转干，又从股级一直当到处级；退休后经商，短短几年连续开发了两个楼盘，走进了富豪之列；年过花甲才开始长篇写作，一口气推出了《六如轩》《六如台》《六如亭》三部曲。出书之前，洋洋洒洒几十万字赫然出现在《中国作家》《长篇小说选刊》等权威杂志上。

曾志平先生真的拥有与生俱来的好运气？读完他的《成事之道漫笔》，你会发现他并非一路顺风顺水。他出生在龙川锦归的一个偏僻山村，童年时期便因家庭贫穷没少受饥寒之苦。读书时虽然成绩一直名列前茅，高考时却因家庭背景问题断送了大学梦。高中毕业后的曾志平先生大学无门，当兵无望，步入社会后，他做过苦力，倒腾过生意，投靠过亲朋，为的就是想走出乡间那条小路，为自己觅一份体面的工作。是人生的跌宕坎坷让他心有顿悟，是生活的磨炼让他厚积薄发。由此我想起了一个故事。石头问佛：我们原本是一块石头，自你变成佛我变成石阶之后，人们每天都是踩在我的身上去拜你，我心里很不服气，凭什么这样？佛沉思了一下答道：因为你只挨了一刀，就走上了今天这个岗位，而我却经历千刀万剐千锤万凿才成为佛。凑巧的是，曾志平先生的笔名也叫石头，想必他是从这个故事中悟出了其中的深刻缘由。其实，每一个人的生命经历何不如此？经得起打磨，耐得住寂寞，吃得苦中苦，方为人上人。由此说来，世上的一切运气无非是一种因果关系，曾志平先生的运气为什么好，因为他比你付出的要多得多!

《成事之道漫笔》是作者几十年生活经历和事业成功的总结和心得，除了引子和序跋之外，内分五辑，分别叙写了不同时期的内容。若再往细处梳理，它的内容又可分为两大部分。一部分是对故乡、宗祠、亲朋、同学的回忆文字。在这些文章里，作者情感饱满，联想丰富，真挚地抒发了他对故土的深厚情结和感恩之心。另一部分是游弋商海的励志随笔。作者在这些文章中，结合自己的亲身经历，敞开心扉，举证明晰，个案典型，实为经验之谈。通读全书之后不难看出，曾志平先生的成功经验无非是自强不息，好学上进，以和为贵，妥协双赢，常怀感恩之心。

用真实的情感抒写故乡和亲情

作者是个家乡观念很强的人，很多时候很多文字都与他的家山故土联系起来，他对这片养育他的土地总是满怀深情和感恩之心。司马第是作者的祖屋，门前的石旗杆是客家人取得功名的显著标志，祖上的显赫和辉煌一直激励着作者发愤努力。作者用一副对联表达了自己对先祖的敬仰“景陛富贵品行善，司马流芳子孙贤”。这与作者在引子中说到的“家教”和“读书”同出一脉，折射出客家民系里“族谱庭训”和“勤耕重读”的两大文化内涵。

在《玉兰树逸香》一文中，有一首悼母诗。那是母亲病逝之时子不在床前送终的情况下子规啼血般的哀鸣：“再没人喊我满仔了，才感到从未有过的虚烦……再没人催我回家吃饭，才感到从未有过的孤单……纵有千行泪，难报父母恩典大如天……”质朴的字里行间写满游子对母亲刻骨铭心的思念，读来不觉潸然泪下。俗话说“人非草木，孰能无情”，但在作者的笔下树木花草都含情。曾志平先生似乎对树木有一种特别的情结，他的散文篇里除了《玉兰树逸香》之外，还写古榕、写梧桐、写木棉、写紫荆。在他的心目中，树木不单是一道绿色的风景，更是他情感的载体、记忆的闸门。通衢中学是作者熟悉的一所学校，它的前身叫景韩书院，名字的由来据说与那株千年古榕以及唐代的贬吏韩愈有关。作者在《景韩雅榕》

一文中引用了洪武年间的一次官差对话，使这座千年书院有了深厚历史根基和人文底蕴。而在《梧桐春晖》里，作者通过对一次同学会的回忆，把梧桐树与“凤栖梧桐”的传说巧妙地联系起来，他引用《诗经》中有“凤凰鸣矣，于彼高冈，梧桐生矣，于彼朝阳”的句子，借古喻今，托物寓情，寄托着对美好生活的热切向往，从而联想到虽然艰辛，但又不失愉悦和充满憧憬的读书时光。

《投桃报琼》写的是金安中学八十周年校庆之事，金安中学既是作者的母校也是他的伤心之地。作者当年曾在这里读完高中参加高考。最后却因为“政审”问题名落孙山，在金安中学七十周年校庆之际，曾有同学动员作者参加校庆活动，曾志平先生是断然拒绝的。他不但不想捐钱捐物，甚至不愿意回忆起那段伤心的日子。因为那一年的高考，他曾大病一场，三天不省人事，这是他步入人生遭受的第一次最沉重的打击。但时过境迁，事隔十年之后，他理解并宽容了那个特定年代对自己的所有不公平，包括那位当年一言九鼎掌控着考生命运的老校长。作者想到自己曾经在那里度过的六年光阴，多少个夜晚挑灯夜读，得到多少师长的悉心教诲。正因为在中学阶段打下的坚实基础，才有了以后考干和自学考试时的优秀成绩，才有了自己今天的一番事业和成就。出于对母校的感恩，他一改常态，除了踊跃认捐，还积极组织编辑《金中校友》纪念册，带头撰写回忆文章，并油然生出“我在金中得到的远大于我给予金中的”的由衷感慨。当那位时年八十七岁高龄的老校长，拄着拐杖来到学校，颤巍巍对着当年的学生曾志平说：“当年考大学，对你很不公平，请你原谅。”作为那个在五十年前与大学擦肩而过的学生，曾志平先生面对此情此景，还有什么可说？还有什么不可释然和放下的？

用妥协双赢的理念书写商海

在 1987 年至 2016 年的近三十年创业经历中，作者在《成事之道漫笔》中曾说到过四次惨重的失败：两次办大酒店，两次办大商场，几乎都亏得一塌糊涂，差点血本无归。在总结这些经营失败的教训之后，曾志平先生重新给自己定位。他在文中引用《论语》中的一段对话来勉励自己。子贡问老师："国具备什么条件才能稳固？"孔子答："足兵、足粮、足信。"子贡又问："如果少一条？"孔子答："少兵亦可。"子贡问：

"再少一条呢？""少食可也。"三条少了两条仍有希望，但若是少了信呢？这就没救了。这个典故告诉人们，信誉和自信在治理国政和创造事业中居于何等重要的地位。作者正是遵奉着诚信的商业伦理和双赢的经营理念，循序渐进，一步一步地走到了今天。在《处事与恕道》一文里，作者写到了他经营的玉兰花园，正当项目启动运作的关键时刻遇到合伙人撤资，这对于合作经营项目而言，无疑是最可怕最难抵御的风险，处置不当不但全军覆没，还有可能债台高筑，彻底破产。作者能在这个经济困境的旋涡中不被淹没而起死回生，这本是个奇迹，是个成功的经营范例。他在叙述中把自己的切身体会和成功经验总结出来，那就是做生意不能投机取巧，但可以草船借箭。《三国演义》中草船借箭的故事给后人的启示往往是兵不厌诈，诱敌入套。而曾志平先生的理解是："借箭不等同借债，是借力，是求助，是真诚的合作和双赢。"接下来在《适时生意》《赢在妥协》《时也运也》等文章里，作者信手拈来，恣意"漫笔"，想到哪写到哪，十分随意轻松。在这些文章里，除了作者的亲历还有人物对话，有故事发展情节和矛盾冲突，既有商业伦理剖析又有小说细节的味道。特别是《赢在妥协》一文里，他给"妥协"一词赋予了全新的含义。"妥协"并非退却和回避，而是让步、让利，以和为贵达到合作双赢的目的。记得曾国藩有"利可共而不可独，谋可寡而不可众"的训诫，想必作者是深得曾氏家教真传的。他的"妥协"之说诠释了曾国藩的处事训诫，读后令人受益匪浅，启迪良多。

无独有偶，当作者经营第二个房地产项目"海燕·绿岛商城"时，因为麦德龙超市撤走，曾志平先生又一次陷入困境之中。商城闲置，一片死寂，业主电话不断，债权人纷纷上门。面对这种突发的变故，若是没有经验的新手，是很难化险为夷渡过难关的。作者在文中写到了"唯心格物"的体会，这让人联想到了王阳明"格物致知"和"知行合一"的心学原理。作者说在一本叫《秘密》的书里，曾介绍过一种"吸引力定律"的原理，说人生历程中发生的一切都是意念的反映，其科学根据是人们对前景的思虑信息会从大脑发射给磁场，而磁场又原原本本地把你的念想能量回应给你。换句话说就是“心生万物，心想事成”。这种说法有些玄，但在作者的笔下却被演绎得非常精彩。当作者在内心祈祷能走好运，把闲置的“绿岛商城”卖出去，结果真的有人一下子购下了两层商场，总面积近5000平方米，资金一下子得以回笼，危机立即化解。作者在将之归结于“时也运也”的同时又辅成了这段心灵感应的“心学”文字，读来饶有趣味。

《成事之道漫笔》是作者的至情至理之作。通读之后，我还是要借用曾国藩的一句话：“天下古今之庸人，皆以一惰字致败；天下古今之才子，皆以一傲字致败。”我认同作者的运气之说，但无论是官运、财运、文运，都是会变的。老子曾说过：“道亦道非常道。”依我的理解，道是可以用语言来表达的，但道又是变化的，没有固定不变的道。比如一个人心念变了，德行就变了，德行一变，气场和运辰也变了。成事者多是人谋居半，运辰居半。故善行善举，慈和宽厚，便能好运常伴，长盛不衰。曾志平先生为官、为商、为文不惰，不傲，坚持勤奋好学，积极进取，奉行穷则修身，富则济贫之德行，正是“成事之道”的秘籍所在。如此“漫笔”，它的意义除了在文学层面之外，更在于为人处世的启迪和教化之功。

是为序。

陈　雪

2017年12月写于惠州枫园书屋

（序者系中国作协会员、广东作协理事、惠州市作协主席）

引　子

改革开放四十年，国民经济飞速发展，各方面都发生了翻天覆地的变化。国家从站起来，到富起来，到强起来，个人事业也无不因此受益。在这一个过程中，本人更是脱胎换骨：从知青到农民工，到以工代干，到正式干部，到县处级领导干部，再到地方国有企业法人代表、香港航天科技国际集团高管（物业部副总经理）。此外，退休后组建民营企业，十三年，累计给地方政府上缴税费人民币过亿元，同时，企业也积累了一笔可观的净资产。在开展企业经营业务之外的空闲时间里，我努力写作，不少凝结了文字灵光的文学作品先后发表。其中，长篇小说三部曲《六如轩》《六如台》《六如亭》在国家权威刊物《中国作家》和《长篇小说选刊》发表。我也因此有缘于 2008 年、2010 年、2012 年分别加入惠州市、广东省、中国作家协会，成为正式会员。

“有志者，事竟成！”回首一路走来的点点滴滴，可以用“艰难困苦，顺势而为”和“工匠精神，耕耘事业”十六个字来概括我的人生。

过往的成功经验和失败教训告诉我，要有好的一生，四件事很重要：一是坚持守护中华传统文化。其中，家教最为重要，一个人事业干得好坏与之密切相关。家教看似平常、普通，却对一个人的人生影响非常大，它可能让人卓越，也可能让人平庸，甚至让人沦为罪犯。二是读书明智。许多事情成与败、好与坏都在一念之间，多读书可以提高成功的概率，因为读书可以涵养人，也可以让人明是非。这个时代需要更多的读书人。三是安居乐业。一年四季，每时每刻，都要为安居工程奋斗、耕耘，这样才能“求仁得仁”，有一个善果。四是快乐。对财富保持平常心，在努力创造物质

财富和精神财富的时候，要明白不管是看得见摸得着的物质财富还是

存在于讯息中的精神财富，最终归宿都是社会共有。作为个人，只是在定时间内拥有支配权而已。做事业要苦中玩乐，并乐在其中。这些，大概就是我心目中的成事之道！

把坚持守护中华传统文化、用工匠精神打造人生的过程以及对事业孜孜以求奋斗不息的感悟，凝结成文字，组织成文章，编辑成这个集子。自我鉴赏，也付诸大众，共同切磋。如果对读者有所启迪，则是喜出望外。

2018 年 3 月

目　录

第一辑

第二辑

第三辑

第四辑

第五辑

第一辑

宗圣公祠魂

清明节，忙碌了一天，又是爬山，又是涉岭，接连不断地拜祭先人，累得腰酸脚软。晚上，我洗漱完毕后本想倒头睡觉，在这个时候，同姓宗亲老人曾继富等前来拜访。我只好疲惫不堪地坐在沙发上，听他们讲述关于“念祖归宗”的事情。他们告诉我说：在佗城，有一座祖庙，是县里的重点文物，需要重修维护，请我出钱支持。

我对他们说：现在到处都讲集资修祠堂，真有点叫人难以招架。我小时候只听老人说过，我们的老祖宗从兴宁、五华迁徙过来，可从来没有听说过在佗城还有祖祠。

他们告诉我说：佗城祖庙供奉的是始祖曾参的宗圣公祠。全世界姓曾人氏，都要祭拜。其他的各个支脉祠堂，是直接的祖宗，概念完全不一样。宗圣公祠象征的是曾子文化。过去，它有两个作用：一是给曾姓子弟参加科举考取贡生、秀才提供各种便利；二是为曾姓族人路过佗城时提供吃宿方便。中华人民共和国成立前，政府赏赐有田地供奉，几十亩田地的租金收益，支持着宗圣公祠的各种开销。中华人民共和国成立后，什么都没有了，祠堂房地产成为公有。现在，政府下文件，说曾子是儒教传承人，佗城宗圣公祠是孔子文庙的一部分，叫我们曾姓子弟收回来，向社会集资，重修保护。

他们还告诉我说：不要小看佗城，它是大名鼎鼎的南越王赵佗的发祥地，是南越王遗迹的一部分，已经被列入国家申报世界文化遗产计划。宗圣公祠是佗城古迹的组成部分，如果申报成功，我们都可以沾光。因此，各级政府都十分重视修复佗城的历史文化遗产，包括佗城孔子文庙、佗城百岁街（一条街上有几十个姓氏的祠堂）、赵佗古井等。

他们边介绍，边拿出来各种文件资料，说明修复宗圣公祠是为传承儒家文化立功立德的事业，希望我积极参与。听他们那样说，弓I起了我对曾子文化考据的兴趣，于是答应他们明天到佗城去，看看宗圣公祠及孔子文庙。

天公不作美，第二天，与他们一道驱车前往佗城的时候，下起大雨来。霏霏蒙蒙的春雨，给人的感觉很不好。好不容易来到佗城街道，轿车停下来。下车后，曾继富指着一个门楼，对我说："这里就是。"

我顺着他指着的方向，看见在破烂的门楣上，有四个醒目的文字"宗圣公祠"。虽然有所毁坏，却还突现着神圣的灵气，令人崇敬。

大门两边的旧房子已经被人摧毁，重新用钢筋混凝土建筑成店铺，摆卖着小商品。各式各样的油炸果子，五彩缤纷的包装，吸引人的眼球。店家看见我们，立即大声叫卖。

曾继富告诉我说："这两边店铺的房产地权，也是宗圣公祠的。要他们搬走，必须花一笔钱。我们暂时没有能力，只好放一放，先把祠堂修好，以后再筹资收回侧门用地。"

宗圣公祠占地700多平方米，建筑面积有500多平方米，分前、中、上三个厅堂。前厅面积较小，中厅较大，上厅次之，其间有两个天井。在前厅，原本应该在此处的屏风已经不存在，下天井旁边连廊的墙壁已经剥落溃烂，裂缝透光。穿过小天井，来到中厅，里面乱七AW堆放着许多叫不上名称的杂物，正中间留有一条小道，供人行走。两边的墙壁，破裂斑斑，灰尘蒙蒙，残留的壁画装饰，已经面目全非。中间天井镶边的红砖脱落，残缺不全，积水淼淼。有两根木头放在中间，我们从上面走过，真担心会滑落掉进天井的积水里。上厅是殿堂，是安放神龛祭祀的地方。墙壁的破坏程度，比起中厅，有过之而无不及。栋梁已经糜烂，梁柱腐朽。瓦格间显出许多漏洞，正在一滴一滴地漏雨，好像是在警告我们：这里，每时每刻都有可能崩塌，会把人砸伤。墙壁上残留着"文化大革命"时期的标语——"破四旧，立四新"。正堂的神龛塌落了大部分，破败不堪，壁橱毁不成形。令人难以置信，这里是神圣的宗圣公祠！我再看"破四旧，立四新"的残迹，心里有一种说不明白的滋味，觉得"四旧"是破得彻底，而"四新"却又没有立起来，令人悲哀！

穿过后门，只见瓦砾遍地，残砖烂木，围墙破损，已经起不到阻碍牲畜进入的作用了。地上长满了齐腰高的野草，蝴蝶蜻蜓，飞行其中。有两棵叫不上名称的杂树，歪歪斜斜地生长在那里，倒是枝繁叶茂。后院的角落，一个垃圾堆旁边，有一个用木头油皮纸搭建的食品作坊，上面横七竖八地堆放着面粉、花生、槽水油及制作炸油果子的工具。油锅里的污秽渣滓，糊涂了大半个锅壁，那肮脏程度，让人看一眼就会感觉恶心。一股浓烈的刺鼻的馊油味扑面而来，令人作呕。散散落落堆放在地上簸箕里的油炸果品，五颜六色，使人厌恶。

作坊主人看见我们，非常热情，笑嘻嘻地捧上一把油炸果子，请我们品尝。我惊呆了，脱口问道："街上卖的佗城特产油炸果子是这样加工出来的？"他回答说："都是这样做的。"我忍不住又问他："你这样制作油炸果子卖钱，不觉得愧疚？"他笑着说："我这样做有什么不好？！不卫生的东西，油锅一炸，那么高温，什么细菌大菌都杀死了，不碍事的。"我很严肃地说："这是食品。这样做油炸果子卖钱，会吃坏人的。这是不讲仁义道德，是伤天害理！"他不以为然，慢慢悠悠地说："我这样做算什么不道德？你知道吗，卖青菜的，专门晚上打农药，第二天摘去卖！青绿绿的，好看，好卖！卖鸡的，专门给鸡喂灌白泥，有重量！养猪的，饲料加激素，瘦肉多，卖高价。你怎么办？总不能不吃菜，不吃鸡，也不吃猪肉！"

我心里酸溜溜的，感到莫名的痛苦。当今社会，有些人为了赚钱，可以丧心病狂，造假食品胆大妄为，还恬不知耻！

曾继富怕我们争吵起来，拉我走开，小声地说："与他讲道德，是对牛弹琴！"

我们又回到宗圣公祠的上厅，曾继富他们滔滔不绝地对我叙述着：这里，过去是如何如何的光彩照人；现在出资修缮，是光宗耀祖，积累功德。

我面对破破烂烂的殿堂，想到炸油果子不讲诚信的作为，而从业者竟然愚昧无知到不知羞愧，感到当今道德教育丧失的恶果！想起了曾子杀猪示信的故事。曾子的妻子去赶集，哄骗儿子说："我回来杀猪给你吃。"曾子听见了，果然把猪杀了烧肉吃。妻子去赶集回来质询曾子为什么杀猪。曾子严肃地说："教育子女要严格诚实守信。我们做父母的不能哄骗，才能把子女教育好。”我深刻体会到曾子文化的优秀，传颂曾子文化的重要。

曾继富他们看见我在沉思，以为我还在为油炸果子的不道德行为生气，于是拉我去参观孔子文庙。

孔子文庙离宗圣公祠不远，可以说是在同一条街的街口。在孔子文庙殿堂一眼可见，中间供奉着五具塑像：中央是孔丘，左边是颜回和孟轲，右边是曾参和子思。曾继富介绍说：颜回是孔子的早期学生，是孔子的爱徒，早早死亡。曾参是孔子的晚年弟子，也是孔子的爱徒。子思是曾参的学生，孟轲是子思的学生。他们都为发扬光大孔子学说，形成孔孟之道，做出了重大贡献。战国时代，儒学是诸子百家中的一家。秦始皇时代，曾经被打压，遭遇“焚书坑儒”，差一点被灭绝。到了汉朝，董仲舒奏请“废黜百家，独尊儒术”被统治者所采纳，儒教成为中国传统文化的经典。孔子被追封为大圣，我们的老祖宗曾参也被追封为宗圣……

我在思考，中华民族的优良传统是以德立国，宣扬儒家的道德伦理，诚信为本，和谐共赢。改革开放以来，经济发展取得了巨大的成就，但是人们的心态却是浮躁、盲动、纵欲的。受西方文化入侵的影响，做人做事不知什么是对、什么是错。不受道德标准的监督，带着强烈的虚荣心，只要有利益可图，就会感觉无比的荣耀。没有道德约束，没有知耻文化，在追求个人利益的欲望驱动下，堕入罪恶的深渊而不能自拔！在社会转型环境中，社会上出现各种病症：诚信危机，道德败坏，伦理丧失。不少人唯利是图、标新立异、假冒伪劣、坑蒙拐骗的行为得不到遏制。这些社会危机的事实告诉我们，现在需要重新构建道德体系，稳定社会根基。在这关键时刻，需要用智慧来占领文化舞台，克服社会弊端，抵抗道德沦丧。有一种责任的力量，驱使我们为构建新世纪道德标准做出努力。我觉得具有中华民族特色的姓氏文化，以家谱为载体，把祠堂当作家族的圣殿，也是家族荣耀的象征。它既是敬宗祭祖的圣地，更是和亲睦族之所，还是家族扬善抑恶之堂，其宗旨是孝敬祖先，激励后生。“国家兴亡，匹夫有责！”重修宗圣公祠，为曾子文化传承添砖加瓦，是一件有意义的事，是在为重新构建社会道德标准做出贡献。于是，我对他们说：“宗圣公祠，是文物，也是曾姓的光荣。我出资二十万元，支持重修。”

经过两年多时间的努力，最终募捐有三百多万元人民币，2009 年，族人把宗圣公祠重新修建好，开光，祭奠，让人瞻仰、祭拜、观摩、学习曾子文化，使之成为颂德读经之处，褒扬真、善、美，贬抑假、丑、恶。

解读历史，了解曾子。曾子，名参，字子舆，为孔子学生。传世经典有《曾子》《孝经》《大学》，编纂孔子《论语》。对儒学文化传承发展发挥了十分重要的作用，受到历代文化名人的尊重推崇，得到历代封建王朝的封赠。唐高宗李治封其为“太子少保”，元文宗至顺元年加封为“成国宗圣公”，明嘉靖赠封“宗圣曾子”。为此，曾氏后人封曾参为祖。

曾子传承儒学核心内容有普世价值。“夫子之道，忠恕已矣”“吾日三省吾身，为人谋而不忠乎，与朋友交而不信乎，传不习乎”。曾子家训“慎独则心安，主敬则身强，求仁则人悦，习劳则神钦”对曾氏族人影响至大。民间传颂曾子文化主要是通过通俗易懂的《三字经》，颂扬为人“具四德”，处世“三条纲”，事业“八条目”。

“具四德”：教子孙/言谆谆/若无辱/莫贪利/尊其闻/德高明/行其闻/宏业绩/慎去就/远小人/君子游/久加益/曰孝悌/曰信忠/具四德/人崇敬。

“三条纲”：曰大学/意蕴深/初学之/入德门/三条纲/为宗旨/明明德/曰亲民/达至善/本末分/知先后/道则近。

“八条目”：八条目/儒道统/古志士/座右铭/格其物/致其知/意念诚/正心思/修其身/齐其家/治其国/平天下/喜民爱/厌民憎/得国家/得民众/德为本/财为末/慎乎德/民心归/生财富/有大道/创者众/耗者少/生者疾/用者缓/财富足/谋发展/举贤才/必重用/弃骄纵/保百姓。

曾子文化的核心强调做人讲仁义道德、做事讲和谐协调：“孝悌、信忠、明德、亲民、至善、格物、致知、意诚、正思、修身、齐家、治国、平天下。“教导人们要学习邮人，办好事，贫要独善其身，富要兼济天下。

台湾忠恕堂

2008 年 10 月，我参加了中国企业家协会组织的考察团，到台湾进行商务交流。在台北市期间，有一天自由活动的时间，同姓曾清诚先生叫了一个同姓熟人驾驶豪华轿车，带我参加桃园县平镇市曾九健公祠举行的宗亲会。这一天的活动，真使我大开眼界。我了解到台湾普通老百姓许多鲜为人知的心态和行为规则，对台湾农村的草根民主有了深层次认识，对台湾社会的政治生态有了新的感悟。

桃园县管辖的平镇市，实质相当于我们大陆的一个中心镇。城市化程度已经非常高，街道宽大，楼、堂、馆、所，应有尽有。

平镇市曾姓 2008 年度宗亲会的拜祭祖宗的活动在早上举行，我们到达的时候已经结束了，宗亲们开始离开宗祠，转移到平潭市大会堂去继续进行相关活动，只留下一个曾姓长者，带领我们参观宗祠忠恕堂。

这是一座位于稻田中间的古老宗祠。刚刚经过维修，彰显着庄严、肃穆。门前是混凝土地坪，长方形，足有篮球场大。外面一口鱼塘，半月形，静静地烘托着祠堂的神圣。据说这个宗祠已经有三百多年的历史。他们的老祖宗曾九健从广东蕉岭县出发，渡海后先到高雄，然后北上，到这里定居。曾九健在台北城里做生意，赚钱回来置田建屋。他四个儿子在这里繁衍生息，兴旺发达，成为平镇市的大户。这些后代们，可不是等闲之辈，有清政府的官吏，也有日本人的走狗，虽然曾经被骂为汉奸，却为族人做了很多好事。光复以后，后代有国民党官兵、有工人、有农民，人多势大，众志成城，称雄一方。

我在门前地坪上认真地审视忠恕堂，只见花岗岩石刻的大门、侧门十分精美。在正中大门的门楣上，青石浮雕有三个黑色大字——“忠恕堂”。

两边的麻石门框上凿刻着一副对联，上联：“忠孝继千秋志向先承崇祖德”，下联：“恕仁传万载光前裕后蔚文人”。门楼有两条石柱，上面镌刻的也是对联，上联：“九公首渡台根深叶茂儿孙秀”，下联：“健祖开基业阁耸春华族裔贤”。

走进大门，迎面而来的是精美的木制屏风，上面雕刻着：“夫子之道，忠恕已矣。”屏风左右对开，边框里面有孝子淑女图案。

进入中厅，大屏风上有一组精刻文字：“曾子曰：为人君，止于仁；为人臣，止于敬；为人子，止于孝；为人父，止于慈；与国人交，止于信。”屏风的上横梁刻有文字：“千秋道统唯忠恕”“万古纲常一孝经”。中厅两根石柱上，凿刻着对联：“读书好营商好效好便好，创业难守成难知难不难。”两边墙壁，各有一幅壁画。左边壁画的题目是《桃园三结义》。画面正中上方有四个宋体文字“忠孝仁义”，下面人物画像是刘备，皇冠明珠，龙袍加身，双目无神，好像有无限的心事，那深思默想忧国忧民的神态，表现无遗；左边是关羽，高大威猛，一身长袍遮去半截子的皮靴，红脸长须，左手托腹，右手紧握青龙偃月刀，双目炯炯有神地面对着刘备，忠肝赤胆的神情让人钦佩；右边是张飞，铠甲戎装，双目圆睁，胡须倒竖，虎口紧闭，舞动丈八蛇茅，表现出为忠义拼命的样子，令人生畏。我看得入神，设想着画师的用心良苦，体会着曾子弘扬的孝、悌、忠、信等美德的文化内涵。

右边壁画的题目是《忠诚三兄弟》。画面正中上方有四个宋体文字“同心协力”，下面人物画像是曾国藩端坐着，黄袍马褂，乌纱帽子，一双三角眼，微微欲睡，好像是已经看透尘世，在专注思考如何做到尽忠尽责；左边是曾国华，布衣纶巾，皮靴踏足，右手握刀，左手叉腰，双目紧盯着曾国藩，好像在等待大哥发号施令，时刻准备着为国捐躯；右边是曾国荃，双拳紧握，箭袖短衫，腰挂宝剑，脸部神态忧虑，好像有满腹牢骚，又不乏忠心耿耿！我真佩服画师的工艺和用心，既表现了曾国藩兄弟团结一致、对清朝皇帝的忠贞不二，又不乏表现曾国藩兄弟对清廷的抱怨与愤慨！使我想到曾国藩家书、家教、家风和曾国藩家族后人人才辈出给人的启示。

曾姓长者说：“我们忠恕堂的家教是：忠孝仁义，同心协力。我们的家风好，所以在台湾发展得好！”

转过屏风是天井，过去是后厅。大梁正中，吊挂着一个大灯笼，灯笼里面的油灯正亮着。彩带飘逸，中间有一缙红绸缚着葱、蒜、长命草等，十分醒目。

后厅两边的墙壁，一边书画着曾九健齐家渡台迁徙图：老祖宗从广东蕉岭县出发，渡海先到高雄，然后北上台北，再到桃园县平镇市定居。另一边是“功德榜”，记录着这个宗祠三百多年的光辉历史和子孙功德。字里行间记载着曾九健的子孙在台北城里做生意，赚钱后来平镇市购买田地，建屋置产。他们在这里繁衍生息，兴旺发达，成为平镇市的大户。

后厅正堂中央安放着神龛牌位，下面有一盆崭新的香火烟灰。龛中摆放着曾九健及四个儿子的神牌。曾姓长者从神台边的香袋子中拿出一把香烛，点燃以后，分给我们。大家一起认真地给先人上香。

后厅右边有个侧门，走进去是一个展览室，可以看见他们从大陆迁居台湾的详细清晰的路线图以及许多各种各样的展品。曾姓长者引导我们进去，迎面抬头看见正中间有一行文字：“入则孝，出则悌。”两边是对联：“读书好营商好效好就好，创业难守成难知难不难。”展馆室内摆满了族人从大陆带来台湾的客家人用的农耕用具和0常用具，足有一百多件，颇具特色，都是过去农村的农耕用具水车、犁、耙、碌礴等和生活用具如风车、碧、碓、米筛等。这些展品的用处我耳熟能详，我还有不少与之有关的有趣故事，其中有一个是专用来晚上捕鱼的铁篮火，用三尺长的小木棍，安上一条一尺五寸长的铁链，连接着一个饭钵大小的铁篮。我回想起自己小时候曾经使用过铁篮火。春天的晚上，点燃松树节柴火，用它到河冲里去照鱼。那个季节，鱼在散卵，晚上在柴火的照耀下，一动不动，任人抓。还有一个竹篾倒须笼，是在小水沟中捕鱼装虾专用的用具，我曾经也使用过，且印象深刻。小时候，春雨天，把倒须笼顺着水流安放在水沟中，大的有倒须的一头放在水流的下方，小的一头用竹篾或草团堵住，固定好。鱼、虾顺水流往上游动时误入倒须笼，进去后就再也出不来了。下午或晚上放下去，第二天早晨去收笼，可以捕到很多鱼虾，真爽！我看着展览馆里的一件一件展品，回忆着儿时的农耕生活的情趣。如今这些用具都派不上用场了，只能做展品，但也是留住乡愁的一种方式。

从忠恕堂侧门出来，我深刻领会到家族传承习俗的强大生命力，心潮起伏，浮想联翩，忽然闻到一股浓郁的花香。抬头看时，只见鱼塘边的篱笆旁正盛开着无数的红色月季，似一团团火，在燃烧，在跳跃，使我陶醉，心里歌颂：“风吹月季满室香……”

参观完宗祠以后，他们带领我到市中心一个高级酒店的大会堂，参加宗亲会的活动。活动主要内容有以下几项：一是宗亲会会长汇报工作及财务开支；二是长者代表评议宗亲会理事们的工作业绩；三是举行敬老、奖学及励志活动，同时进行午宴娱乐。

我看见，他们给六十岁以上老人发孝顺金，红包很大，每个都有五千元台币，足有三十个老人；给五位学习成绩优秀的学生发奖学金，也是一大袋钞票，据说是每人两万元台币；还给一个坐轮椅的残疾人发奖励金，据说他在北京残奥会上获得了奖牌，那奖励金更是沉甸甸的一袋子钞票，估计有十万元台币。大家都很高兴，领钱，观看的，都欢欣鼓舞。我心中感慨：“几个数目加在一起，要花费好大一笔款！

他们知道我是大陆来的同姓，表现得特别热情。开会时，让我就座主席，中午吃饭，专门安排我、曾清诚与宗亲会理事们同一桌。

曾清诚告诉我说：“桃园县是客家人的天地。过去桃园县人大多支持蓝营，现在分化了，有钱人支持蓝营，穷人青年则支持绿营！我们曾姓宗亲会，传承曾子文化，在家讲孝悌，出门讲忠信。修身、齐家、治国、平天下。这种文化氛围下人才辈出，精英无数。尽管我们是小姓，但在台湾这个小地方，名人也不少，且都为台湾地区的文明进步做出了重大贡献。就说现在，我们曾姓宗亲会的组织领导是最好的，全台湾有总会，各县、市、乡有分会。实行民主管理，影响着台湾的政治生态！”

听他说得那么庄重，我好奇地问：“你怎么样评价台湾的民主选举？”他不假思索地对我说：“台湾的民主，可以这样评价：上层是乱七八糟，一塌糊涂！基层农村，草根民主却是比较好的。这得益于台湾根深蒂固的家族文化。民主选举要先付出代价，选上以后等到有市政工程之类的政府拨款，再从公款投资中赚回来！花费金钱去选举，当权以后赚回来！所有当官的都这样做。所以，台湾人民对陈水扁政府的贪污腐败行为恨不起来。”

我问：“宗亲会的族长是怎么产生的，又是怎么退出的？”他告诉我：“过去，族长代表族权，由辈分高钱多的地主当，好事坏事都可以做。现在是选举产生族长，族长对族人只能做好事，为族人服务。一样是有钱人。现在当族长必须有德、有才，能够服务族人，大家才会投票选举你。我们的宗亲会，是族人自治，基本做到民主选举、民主决策、民主管理、民主监督。宗亲会的领导理事是公推、公选；财务管理公开、公管。宗亲会以血缘为纽带组成，是自治性质，有很强的向心力和凝聚力！宗亲会理事们的工作业绩，由六十岁以上的老人背对背评议，投票认可。有半数人以上投票赞成才能通过，半数人以上反对，要召开说明会，求得大家的谅解，不能谅解就要提前改选。换届选举时，乡亲们会用选票决定你的去留！这样做，可以保证理事会成员都是好人。恶人是做不下去的！这样的自治平台，体现了台湾草根民主的进步性，有利于社会安定、和谐。总体来说，台湾的政治生态，上层是畸形的，乡村民主比城市好！”

族长感慨万端地插话说：“在台湾，出头露面做事，讲经济实力，有钱才能赢。多少人，投了大把钱去选举，结果一无所获。我们有一个本家，参选县议员，花了两千万，没有选上，从此就要过穷日子。台湾选举，是烧钱的游戏，是绅士的赌场。赢家可以名利双收；输掉一场选举，可能就是倾家荡产。”

我听着他们讲述这些不为我所知的故事，体会着台湾地区农村的家风传承……

海外三省堂

2006年11月，我们惠州三位同姓，应邀前往菲律宾马尼拉出席菲律宾曾邱宗亲总会成立一百周年庆祝活动。到菲律宾马尼拉的第一天，我入住的是马尼拉曾邱宗亲会持有业权的旅馆。旅馆共计十五层，虽然没有星级，但是都重新装修过，住在里面感觉也很好。它处在老式大街的巷口，街上人来人往，旅馆也是人进人出，看样子生意很好。听说，正是这个百年老店，支撑着菲律宾曾邱宗亲总会百年不朽。第二天，到马尼拉火山岩风景名胜区游览，晚上迁到五星级泛太平洋酒店住宿。第三天，早餐后坐车去三省堂祭祖，中午在马尼拉市政大礼堂参加庆典宴会，晚上在泛太平洋酒店宴会厅观赏曾邱后代的文艺表演。第四天，参观三省堂别墅府邸，晚上回马尼拉还是入住曾邱宗亲会持有业权的旅馆。第五天，自由活动，回国。

这一次出国，别开生面，让我感慨万千，心灵产生无数次震撼，深刻体验到中华民族的姓氏文化的无穷魅力。中华民族的传统观念根植于中华儿女的基因里，不管中华儿女在什么地方，都能使之成为人口众多的族群，团结奋进，影响着当地的社会文明。

祭典活动令我终生难忘。祠堂坐落在市中心一条破旧的街巷中，祭祖的车队排成了长龙，好不容易轮到我们。下车后，我们在向导的带领下来到了一座古老又庄重的五层洋楼，洋楼门牌匾上醒目的墨迹文字是“三省堂”。

进去，穿过厅堂，我们乘坐电梯到了五层顶楼。这里是宗祠。进门的屏风上有一组精刻文字：“吾日三省吾身，为人谋而不忠乎，与朋友交而不信乎，传不习乎？”正中央的神龛里，摆设着曾参的雕像，两边是金黄色垫底的墨黑色文字对联：“秉宗圣遗训”“宏祖德荣光”。

我们一排约有二十人。祭祖主持人给每人一炷香火，在他的唱腔内容指示下，向曾子神像三叩三拜，完了之后立即离开，让位于另外一批人祭拜。

转过侧门，顺着步行楼梯来到了第四层，是展览室。所有文字信息及图片说明，尽显曾邱精英在菲律宾从创业到富贵的艰难历程及宏伟业绩。左侧墙上，挂着一幅客家人的迁徙图：从山东嘉祥出发，南迁江西庐陵，到福建泉州，再扬帆出海，到菲律宾、马来西亚、新加坡。右边墙上，陈列着历任宗亲会长及对宗亲会有特别贡献人士的瓷塑雕像，给人一种强烈的缅怀先贤气氛。

第三层是曾子文化室，是教授《论语》《曾子十篇》《三字经》的场所。室内学习园地栏目上刻有醒目的文字：“熟读三字经，通晓天下事。”墙面上陈列着学员名单，靠墙柜台上摆放着教材、教具、教案、作业、影视电器等，一应俱全。让我们感受到，这里是实实在在地在教授经典，传播祖宗文化。

第二层是居室，吃住用具，应有尽有。第一层是接待厅，布置得大方得体。

这一切真叫人赞叹，叫人不得不钦佩海外华侨坚守中华文明的信心和决心！

中午的宴会，热闹非凡，大规模，大声势，也真叫人大开眼界。宴会厅里里外外张灯结彩，布置得富丽堂皇。会场内的中文标识，与会场外的英文标识，形成鲜明的对比。一百围台，一千多人。他们说，这样的做法，这样的派头，堪与国宴媲美，尽显曾邱侨胞的经济实力！舞台上，或歌或舞，五彩缤纷；舞台下，人头攒动，兴高采烈。大家一边细嚼慢咽地品尝着各种各样的美味佳肴，一边尽兴地欣赏着舞台上的各项表演，足足两个小时。节目主持人讲中文，节目内容与国内没有两样。菲律宾的官方语言是英语，大街上的人们都说英文，侨胞都会中英文两种以上语言，这是谋生的需要，也是坚持传统文化的美德，令人佩服。

三省堂别墅府邸在马尼拉远郊。我们乘坐中巴，足足两个多小时才到达目的地。下车后，看见挨着马路边有一道古老的红砖结构围墙，两米多高。往里看，只见许多树冠。大门是两个叠加的飞檐门楼，门牌上浮雕书写着七个大字——“三省堂别墅府邸”。门楼刚刚翻新，金碧辉煌，与陈旧的围墙相比较，显示着强烈的时代反差！

进去，一栋五层高的楼房坐落在小山包上，那是别墅府邸的主楼。我们被请进一楼大堂休息。

我站在大堂门前，环顾四周，只见重叠相邻，大小不一，形状各异的别墅，有两层的，也有三层的，足有二十多栋。别墅与别墅之间，有许多树木，郁郁葱葱。三口小池塘，呈“品”字形围着小山丘，塘边是小块小块的菜畦子。别墅的建筑风格与摆设，古朴与现代相结合，门对楹联，有一股浓浓的中华文明的书香气氛。田野的芬芳四散飘溢，池塘边的青草明净滴翠。围墙外一面面英文招牌广告，与围墙内形成鲜明的对比，使人各种观念翻滚脑海，感慨良多。

接待我们的会长姓邱，坐在轮椅上，热情地指示几个接待姑娘给大家端茶、送果品。这些女孩子都是旗袍细腰，十分可人。

我非常困惑，为什么姓邱的人拜曾参为祖宗？我怀着好奇心，向一个邱姓接待人员打听，问他为什么是曾邱宗亲会？他没有直接回答我的疑问，反问我：“你是什么辈分？”我回答说是“祥”字辈。他笑着点头说：“我们是同辈兄弟，我应该叫你一声大哥！”我心领神会地笑了。明白他的用意，他是在向我说明：他知道曾姓同宗九州四海通辈分的规矩。他年龄小，所以称呼我大哥。

接着，他很认真地告诉我说：“我们的祖宗曾点、曾参父子推崇孝道。说不孝有三，无后为大。我们邱姓的祖先原本是曾姓的儿子，丘姓外祖父没有儿子，为了传宗接代，过继给丘姓外祖父做孙子，改丘为“邱”，以示区别。道士邱处机是我们邱姓的杰出人才，辅佐元朝开国建立功绩，得到皇帝奖赏。邱处机是个道士，他不要高官公爵，要求皇帝元文宗加封祖先曾子为宗圣公。为表示恩宠尊崇，元文宗下旨加封曾子为国公级别的圣人——成国宗圣公。”他最后还说：“曾邱同为曾子后代，应该发扬光大曾子文化，所以我们年年都开展祭祖庆典活动。”

我不知道邱姓接待人员的介绍说明是否符合历史事实，但有一点可以肯定，他们一定与曾参沾亲带故。即使他说的故事与历史真相有所偏离，但分布在东南亚各个国家的邱姓华侨，都认定自己是曾姓的后代，以作为曾参的后人感到光荣。所以，邱姓侨胞，可以大大方方地出钱出力传播曾子文化。

在邱会长的接待厅里，墙上挂着一幅很大的中西合璧的版画。画面上一个穿长袍拈须抱胸的老者，以及四个学生模样的青少年，人物形象栩栩如生。画面正中写着“中庸之道，和谐为贵”八个正体大字，还有一段小的文字：“曾皙曰：‘暮春者，春服既成，冠五六人，童子六七人，浴乎沂，风乎舞等，咏而归。’”画面外也有一段文字：“《六忍歌》：‘富者能忍保家，贫者能忍免辱，父子能忍慈寿，兄弟能忍义笃，朋友能忍情长，夫妇能忍和睦。’”

面对这画面，我为之振奋。我知道，曾皙是曾子的父亲，同为孔子弟子。画中的长者就是孔子，孔子在与学生谈书论道。“中庸之道”是儒学思想的皇冠明珠。“中者天下之正道，庸者天下之定理。”它承认物质世界对立的双方相互依存、转化，使矛盾的双方平衡，则事物生存、发展。

“和谐为贵”是协调、合作、共生，是天人合一，是儒家处世的最高境界，是自然、惬意的生活，是儒学传人崇尚的快乐人生。

邱会长看见我面对版画深思，推动轮椅朝我走来，很认真地为我解读着画意。他说：“我们三省堂的家教是‘中庸之道，和谐为贵’，强调做人讲仁义道德，做事讲和谐协调。我们华侨在异国他乡生活、拼搏，不可避免地会与当地人民产生各种各样的矛盾，形成不同程度的争斗。正因为我们遵循老祖宗的教导，严肃做人，家业兴旺；认真做事，财源广进。我们都知道，做生意要赚钱。我们的原则是自己要赚钱，也要让合作伙伴分利，给顾客分利。肯让利，不争利，是我们赚钱的法宝！”

我听过之后，很是震撼，也更加尊重侨界领袖了。

午饭是自助餐，虽然简单却别有风味，使我充分体会到异国情趣。饭后观赏琴棋书画表演，主人客人共同参与，切磋琢磨，亲密无间地交流，使人多了一份同祖同宗的亲情感受！直到下午三点钟，我们怀着余兴未尽的感觉，离开了曾邱宗亲别墅府邸。

回马尼拉的路上，我看着路两边的英文广告，回味着曾邱宗亲别墅府邸的曾子文化，心中有无限的感慨。真佩服侨胞先贤对中华文明的执着与坚持，在南洋这个地方让中华传统文化的“儒”与“商”这两个原本难容的因素结合得和谐、亲密！我们客家人，离开了地少人稠的山区，向着大海的彼岸跋涉，麇集于东南亚，逐步走向欧美。他们为中华文化所捆裹，对商业的意义有了最为直观和朴素的诠释。赚钱，拥有财富，至高无上！曾子文化与西方文化嫁接，告诉人们“义”与“利”是画等号的。侨商在明明白白地宣扬利己主义，这就是真诚！他们自利的行为通过市场这只无形的手，最终为社会创造了福祉。菲律宾这一方山水，养育了这么一群族人，他们经商发财，积聚了大量的财富，形成了较高的文化诉求、族群集合、建筑别墅，沉淀凝固成难以泯灭的物质文明，传承儒学正统。在南洋的都市里，有这样神奇的民风乡俗！有这么厚重的曾子文化传承！这是一个真实的地方，在这个物欲横流的世界，儒家后代昂首挺胸进出三省堂，努力追逐金钱财富，影响着当地的文化、经济、政治甚至政权……这是一幅多么壮观的画面！

回到马尼拉，我还是入住了曾邱宗亲会的旅馆。

晚饭后，自由活动时，我们几个从中国来的宗亲，一道去逛街。街道就像跨越了时代的门槛，杂乱无章，电线如蜘蛛网一样，横七竖八地挂满了街头巷尾。所有文字信息都是英文的，刻画在商店铺面的墙壁上，既有现代化气氛又显露出贫穷落后的气息。这座古老的城市，一边有无数的穷人光着膀臂，为生存在苦苦挣扎；另一边是高楼林立，现代商厦比肩接踵，霓虹的闪烁，音响的喧哗，让人有一种恍如隔世的感觉。

周遭的人用英语交谈，我们因无法与之沟通，不敢走远，很快回到旅馆房间里。但旅馆房间的电视节目都是英语，我们也听不懂，只好关了电视坐在一起聊天。一个朋友问我：“侨商的成功经验是什么？”我想一想回答说：“弘扬曾子文化，做人仁义道德，做生意和为贵，赚钱次之。”

几天忙碌后，我们坐在马尼拉这个古老又沉重的旅馆客房里，饮茶聊天，感受着中华姓氏文化的魅力。身体虽然非常疲倦，心情却很愉悦、闲适、恬静。移民先祖不安于现实，不怕葬身大海，东渡南洋，在异国谋求生存、发展，发扬光大中华文化，真如海湾边缘马尼拉火山岩风景画之奇妙、之静美、之精巧！

光耀司马第

2015 年国庆节，我接到四川成都九十六岁高龄的堂叔父曾全的电话和传来的照片，他告诉我，自己光荣地参加了庆祝抗日战争胜利七十周年系列庆祝活动，邀我分享他的幸福和快乐。

面对他照片里的相貌容颜，我回想起与他的种种往事。1950 年，他作为解放军高级干部回乡省亲，带有两个警卫员，全村都轰动了。后来，家族成员没有从他那里得到一星半点好处，大家埋怨他，说他没有亲情、乡情。1985 年至 1986 年，我在四川成都销售 838 电子计算器，得到他的许多帮助，也常到他家吃饭。1993 年，他与妻子来惠州看我，在惠州住了三天，说惠州发展得很好。1998 年，我女儿去成都，特地去拜访他。2000 年，我在香港航天科技集团工作的时候，出差路过成都，也曾去拜访他。令我印象特别深刻的是，1985 年，他告诉我，他曾经陪同他的老上级、一位中央领导同志去阿坝、松幡、雪山、草地等红军长征路过的地方走了一趟，知道一些党中央领导人对改革开放的不同看法……至今想起来，还是觉得很有趣！

我有非常强烈的家乡观念。很多时候，很多场合，我都会在不知不觉中夸耀自己家乡的屋场风水好，风景秀丽，人杰地灵，称赞自己的祖先光耀后世。在以“阶级斗争为纲”的年代，家乡的风气、人情世故，受政治路线的影响变化无穷。唯一不变的就是祖屋神韵，英烈遗风影响着族人的一生。祖屋司马第要求子孙后代读书上进，要学习唐诗、宋词，要坚持用儒家传统之道做人、做事，奋发图强！

时过境迁，随着年龄增长，我的家国情怀越加浓厚，对祠堂、对祖屋司马第的怀念越加美好，也因此觉得无比光耀。我这一生都欠着家乡对我的教养之真情、家族关爱之亲情，尤其是父母亲的养育之恩情。是故乡生我、育我，使我懂得坚强，给了我奋斗的力量。

我觉得家乡的山水，是那么的清，是那么的静，是那么的美！

我们的老祠堂在龙川玳瑁山下的龙角楼。我对老祠堂的记忆，已经很模糊了，只记得是上厅堂正中的神龛上，供奉三位先祖祖牌，门前的禾坪地堂右边有一个坚实基础的石棒桅杆夹，桅杆夹的中央，高高地竖起了一根旗杆。我们的先祖曾玉标在清朝康熙年间官任南澳总兵，后在海战中壮烈牺牲，朝廷为此赏赐建造石棒桅杆夹。每年春节祭祀，都会把一面三角形的色彩鲜艳的仿制总兵帅旗升起来，让子孙们上香祭祀，彰显先烈英勇忠义，激励后生前赴后继。祭祀完成之后会把祭祀用的供品分给大家，小孩子们会为得到花生糖果而高兴得欢欣鼓舞。可惜，老祠堂以及纪念曾玉标英雄事迹的石棒桅杆夹古迹在“文化大革命”中被彻底毁灭了，只留给我们这些子孙后代抹不去的回忆！

曾玉标后人第十代子孙曾日申（我的曾祖父），号景陞，字捷如，1821年生。做煤炭生意赚了大钱，成为富甲一方的巨贾。清同治八年(1869)官封“司马”，从六品。为了彰显身份和光宗耀祖，用“司马”爵位冠于府第，建造司马第，象征大富大贵。巨富之家建屋，门、梁、柱的雕刻艺术淋漓尽致地体现房屋主人的富有。司马第府邸，三栋四杠，是典型的客家大屋。花岗岩石镌刻的大门，双开门扇。进门牌坊上画有人物、花鸟图案，漆面门神威武又不失慈祥；左右两边设有书厢房，中间下天井，书厢房为读书接客使用；中厅屏风转过去是上天井，左右两边是内厢房，专为内眷使用；府邸上厅宝壁处有香案；后面有围龙花台，左右两边是外横屋，为下人的厢房、马厩、轿房等。所有屏风都是木制的，都有精美的雕刻和绘画，雕刻内容有人物嬉戏、古代宴请、古人演艺、各式花鸟等，铺有闪光金粉。府邸上厅宝壁处的香案也是精雕细刻，至今还给我留下鲜明的印象。可惜“文化大革命”时很多精美的雕刻、绘画和文字牌匾已经被毁坏得无法恢复，四杠横屋也大多崩塌了。好在正屋三栋大厅还基本完好，可以清晰看见正面大门门楣上面的“司马第”三字光耀无比；进门屏风上的“贡元”牌匾及旁注“大清六年，惠州府”与中厅挂着的“第都府”牌匾及旁注“大清同治九年，广东省府”等文字还非常清晰；书厢房两边门锁上面的“敦诗”“说礼”文字也还完好。石镌雕龙画风的屏风基础底座也基本完整，神龛门楣上面的“三省堂”还很耀眼。这些遗存的神韵、魅力，让人激情澎湃！

门前的半月形风水塘，还风韵犹存，让我记起儿童时代在水塘中摸蚌、抓虾、捕鱼的快乐。

2000 年，我们捐资维修，主要是修复了正门门楼和上中下三栋厅堂。上厅替代祠堂，重新安放祖牌，供奉包括曾玉标等人的祖先牌位。这于子孙后辈是一种孝道、一种尊重，对祖先也是一种归宿、一种慰藉。

2001 年清明节，我回老家祭祀祖先。那天，祖屋司马第大门口吊着两条又大又长的一百万响鞭炮。走进祖屋门前地堂的时候，鞭炮点响了。噼里啪啦，震耳欲聋，大家都用双手捂着耳朵。两串鞭炮长时间响着，浓烟像黑云一样，笼罩着大门口。浓烟散去之后，地上堆满了厚厚的一层红色碎纸花。大家异口同声高喊：“炮仗越响越旺，兴旺发达！”

踩过那厚厚的红纸花，鱼贯直行，到祖屋上厅，所有祭祀供品已经摆好：正中是一头金猪，两边是牛头和羊头，各一个，还有鸡、鹅、鸭、鲜鱼、茶、烟、酒和果蔬之类。执事人早在那里等着，看见大家进来，分给每人一炷香，唱着口令，三叩九拜，上香念经。大家纷纷给祖先敬酒、敬茶、敬烟……大家口中念念有词，不乏祝福。重修祠堂，将给子孙后代带来好运业蒸蒸日上，兴旺发达。

在司马第替代祠堂里，大家深情地缅怀英烈获得功名、授予爵禄、光宗耀祖的事迹。这古色古香的祖屋，我原本非常熟悉，但经过重修后作为替代祠堂，虽没有焕然一新的感觉，却又让我心生陌生之感。我默默地绕着祖屋前前后后走了一圈，心生些许欣慰。替代祠堂虽然不尽如人意，但老祖宗有落足的地方，子孙后人有祭拜祖先的场所，也是好事。

祭祀完毕，我来到祖屋门前的半月形风水塘边，凝神地看那一湾绿水，回忆儿时在鱼塘里摸虾捉鱼的情景，也似乎看到波光涟漪的风水塘里鱼虾踊跃。风水塘周围的石砌建筑还是老样子。“贮水聚财”，风水塘给现在的替代祠堂锦上添花。风水塘边有一口井，六米多深，建筑祖屋的时候开挖，距今已有一百六十多年的历史了。几经风雨霜冻，井栏的麻石块依然坚固，让人钦佩。

抚今追昔，面对司马第祖屋，我记起了父亲曾对我讲过的关于曾祖父为人的点点滴滴。父亲告诉我说，曾祖父是一个勤劳俭朴的人，衣服穿着很一般。一个大财主，每天还一大早起床，牵牛去鱼塘，让牛拉屎拉尿肥塘养鱼；每月的初一、十五会带上我父亲去煤炭矿场检查煤矿生产，进入乌黑肮脏的煤炭矿窑中与矿工们拉家常；晚上，顺便参加煤炭矿窑工人们的“打牙祭”。曾祖父会让父亲带上蛤蟆袋，每一班工头都会留一个鸡腿给他，可以收到一蛤蟆袋鸡腿。回家后，放在一个瓦盆中，用盐封好，正好吃半个月。工头给鸡腿的时候，会夸东家的子孙长大后有出息。曾祖父总是笑着摸父亲的头，说：“有出息！做人忠厚孝道有饭吃，做事慈善积德有福报。”我想，这应该就是司马第的家教。

现在，司马第已经繁衍了六七代，约有五百多人，子孙多繁茂呀。司马第第二代六兄弟：联辉、文辉、锦辉、振辉、炳辉、腾辉，其中有文秀才四人，有武秀才两人。第三代分化了，有人有出息，也有人无所作为甚至于败家；有人发财，有人当官，也有人难以温饱。中华人民共和国成立后，土地改革的时候，划阶级成分，司马第的子孙里地主、富农、中农、贫下中农都有。第三代子孙两极分化的典型代表是曾学松、曾石松两兄弟。哥哥曾学松是国民党军队高级医官，曾任职国民革命军陆军某部医院院长。弟弟曾石松（又名曾全）是共产党部队高级干部，曾任职解放军某部师长。解放战争的时候，曾学松被俘虏，成为战犯，劳改十年，1959 年释放回家，管制务农，“文化大革命”的时候被批斗惨死。曾石松是老红军，官至副省级，1919 年出生，1938 年由延安抗日军政大学毕业，曾在山西抗日，随第二野战军渡江解放南京，进军西南，转业至地方后是中华人民共和国首任西南地质局局长离休后，仍然活跃于社会。2015 年，曾石松作为抗日老兵代表，参加了抗日战争胜利七十周年各种庆祝活动。他们都是司马第的骄子。

改革开放以后，司马第第四代、第五代、第六代后人又一次分化，多人有出息，有县处级领导干部、科级干部多人；有身家亿万、千万的多人，身家百万以上的数十人。司马第后人们也如祖先曾日申，富裕后不忘回报社会，捐资办学、办卫生院、办老人院、修建祠堂、传承家族文化以及在家乡修建了贯通玳瑁和玳峰两个村庄的高等级的钢筋混凝土桥梁和混凝土道路，捐资累计有四百多万元，受到村民的好评。

“秉宗圣遗训，宏祖德荣光”，识时务者为俊杰。曾祖父日申公富甲一方，审时度势，追求卓越人生，做人忠厚孝道，做事慈善积德，捐资政府强兵兴国，做路筑桥赈济乡里。其子孙后代也对人生过程抱有平常心，多有出息，耕读传家，贤达做人。这样想着，我的心情很好，一副赞扬祖屋的对联悠然而出：“景陞富贵品行善，司马流芳子孙贤。”

玉兰树逸香

1985年，我因公出差四川成都，处理棘手业务。家人忽然说母亲病逝，领导却要求我完成任务才能回家奔丧。我万般无奈，只好服从！想起唐代诗人孟郊的《游子吟》一诗："慈母手中线，游子身上衣。临行密密缝，意恐迟迟归。谁言寸草心，报得三春晖。"对于慈母之恩，我有感而发，写下悼母伤感诗歌：

圣母殿堂

母亲噩耗惊天动地
强忍哀悼悲痛无比
父母亲健在时
为了生活
我离家出走
却不知道怎么尽孝
父母亲给我再多
都说对我还有很多亏欠
我给父母亲很少
都在夸我好，说我奉上了孝道
苦日子过完了
父母亲却老了
好日子开始了
父母亲却殁了

小时候，母亲的膝盖是扶手
我扶着它学会站立和行走
长大了，父亲的肩膀是靠山
我靠着它学会闯荡和守候
离家时，父母亲的期盼是力量
它支撑我历经风雨不言愁
父爱如山
父亲走了
我亲情靠山好像坍塌了
母爱如海
母亲走了
我亲情海洋好像枯竭了
是父母亲的爱
给我洗尽风尘
给我慰藉乡愁
父母亲没有了
到哪儿去寻找
支撑着我的“依靠”
父母亲健在时
不觉得“儿子”称号是一种荣耀
父母亲离世了
才知道这一世“儿子”已经做完了
不知道有没有转世，不知道
下一生还能不能做父母亲的“儿子”
父母亲在阳宅住
玳瑁村是我老家
父母亲住阴宅去
玳瑁就只是故乡了
梦见父母亲的次数会越来越多
回去的次数却会越来越少

父母亲在时
“上有老”是一种表面的负担
父母亲上天去
“亲不待”是一种本质的忌惮
即便十分孝，已经过时间
留下愧疚，陪我终生
父母亲升华后
再没人喊我“满仔”
才感到从未有过的虚烦
父母亲坐上神龛
再没人催我回家吃饭
才感到从未有过的孤单
父母亲生我时
剪断了我们血肉脐带
这是生命的悲壮
父母亲奔月时
剪不断我们情感羁绊
这是生命的悲凉
世上万物生
圣母殿堂出
父母精气神
凝结我生命
纵有千行泪
难报恩典大如天……

事后，我经常会拷问自己，为了前途没有给母亲送葬，是不是太自私？每当这时候，眼前便有我父亲的影子，他说：什么是尽孝，能自立，不要给父母亲添麻烦，有能力报恩，就是尽孝，就是孝道。啊，我这样子做，是尽了孝道。

作为华夏民族的传统道德观念，孝道经儒学发扬，以及历代帝王的提倡，确实是深入民心，难以动摇。我们曾姓人以春秋战国时代的曾子为祖先，在孝悌伦理方面形成了比较完整的思想体系、道德观念和基本的行为规范。曾子在编写《论语》《孝经》时，记载了孔子在这方面的大量言论。《孔子家语 · 六本》里记载了这样一个故事：曾子犯了小过，斩断了他父亲曾皙从吴国觅来的瓜种，曾皙一怒之下用锄柄将曾子打昏了。曾子苏醒后问父亲："刚才我犯了过错，您老教训我，没累着您吧？"之后回房弹琴而歌，让父亲听见，表示他挨打后没有不适。孔子知道后批评说："一点小事，曾皙不该暴怒杖罚，而曾子也不该委身以待杖罚。如果万一为父打死，死得没有道理，人们就会指责曾皙的不义，这是大不孝！"曾子在《孝经》中说："夫孝，天之经也，地之义也，民之行也""人之行，莫大于孝""教民亲爱，莫善于孝""夫孝，德之本也"。曾子认为，为人子女孝顺父母是天经地义的法则，人们应该身体力行。在《孝经》中明确"孝悌"的行为准则：以孝为纲，历陈"五等之孝"，提出了天子、诸侯、卿大夫、士、庶人各个等级所应遵守的基本规范。正因此，《孝经》才成为中华文化的经典之一。

曾姓人以有曾子作为圣人为光荣，"重孝道"是曾姓家教的一大特点。

我家乡在龙川玳瑁山下，依偎在一群丘坪丛林峻岭环抱之中，是个似聚宝盆一样的自然村。水草富饶、物产丰盛，浸润着令人神往的景色。中间有一条小河，自东向西汩汩流淌。沿着小河逆流而行，放眼四望都是滚滚的绿色田畴和错落有致的白色村舍，远处是层峦叠嶂的山丘逶迤天际。数千亩的肥沃农田，平坦坦地摊在盆地中间。那河溪从东边山林缓缓地流出来，弯弯曲曲，穿过盆地中间的田园，轻悠悠，闲悠悠，向西边的山丘间顺势而去，注入韩江。

我家祖屋司马第对面有一座山岭叫孝子壁（又叫太子壁），山峦连绵起伏，如舞狮游龙，大树参天苍翠浓郁，林海波涛，千姿百态；几个大岩石乌黑黑地突显，顶天立地，烟缠雾绕。听说受孝子壁感应，我们这个地方多出孝子。有曾、何、崔三个姓氏，分别散居在山村中。据说我家祖屋正对太子壁，接受太子壁的灵气，屋场风水好，旺丁又旺财。

我家屋门前有个小河湾叫深缸湖，最难得的是岸边有一株高大的玉兰树，曾经远近驰名。这是一株多情的"花使"，总是那样大方地敞开着胸襟，用玉洁冰清的丰姿和馥郁醉人的花香，笑迎和浸润四方宾客。每年夏秋两季，玉兰花盛开，绿叶荫里藏着一个个碧玉一样的花朵；小河边上，花香飘逸；小河溪里，漂浮着花朵的散片。那景色，要说多美就有多美。在深缸湖那灵秀无比的玉兰树下，山风徐缓吹拂，空气清澈凉爽，夹杂着丝丝甜润，令人心旷神怡。或许是负氧离子含量极高的缘故吧，人们会不由自主地尽情地呼吸那河面上的柔软空气。倏忽间，那清新扑鼻的花香袭人，摄人肺腑，顿觉神清气爽。抬头望去，原来香气怡人的那株玉兰树，枝繁叶茂，宛若天女在布散花瓣，飘洒在河面上，化作一片片美丽的轻舟，顺着溪流，缓缓而去，带去客家人文的秀丽，向世人问候、祝愿，祈望未来会更加美好。她是山村的灵气培育的结果，她也见证了山村沧海桑田的变迁历史。永不衰老的玉兰树，用她那高大婆娑的枝叶和躯干，护佑着山民子孙后代，更增添了她在人们心目中形象的圣洁。我觉得，玉兰树是在表现客家人文景观之丰腴与美丽！

深缸湖还曾经是人们夏天消暑的好场所，是村中大人小孩们戏乐的“游泳池”。它宽有二丈多，长有五七丈，水深处也足有一丈几。波光粼粼，没有急流，没有暗礁。最难得的是玉兰树的树干枝丫斜到水面上，成为村民们戏水的好跳台，以及小孩捉迷藏的好地方。记得那年夏收的时候，我爬到玉兰树上，把衣服藏到枝丫里，一头钻进了深缸湖，游到草丛中，躲藏了起来，害得小朋友们和家人怎么也找不着，把人都急死了。

母亲被吓得哭了，用哀，怜的凄惨的声音呼喊我的小名：“石头狗！”

我大惊失态，立即从草丛中出来，赤条条地胆怯地跑到母亲面前。

母亲破涕为笑，一把抱住我，一边抹眼泪，一边说：“傻子！人吓人，吓死人哪！”

父亲狠狠地骂我说：“你这样子，真吓人！吓父母亲！吓兄弟家人！是不孝道！是违反祖训、违反家教，败坏家风！”

我被震撼了！从此以后，对玉兰树多了一份敬重，把她作为孝道的象征，决心遵从祖训，遵守家教：孝悌为先，忠厚做人。

可惜，在农村开展“农业学大寨”的运动中，河道改弯取直，这深缸湖没有了。枝繁叶茂的玉兰树也没有了踪影，只留下记忆中的淡淡的清香。也真怪，那时候人们竟会那样蠢，学大寨竟会毁了环境，实在是得不偿失呀！

我是客家人，经常在思考，用来构建心灵世界停泊的港湾是家，狭义指家庭、家乡；广义指家国、国家；客家人族群介于两者之间，独具特色。在求生存、谋发展的同时，注意立身自保展现生命的光彩。客家人普遍存在的人与人之间和谐共处的理念植根于族群之中，这是传统基因所决定的。家乡山村的人文景观和文化现象，说明客家人无论如何四处漂泊、辗转迂回，总是保留和弘扬固有的中原文化，“耕读发家，崇文尚武，孝悌颂德，光宗耀祖”。兴学为乐，知识为荣，这是客家人族群的追求与企盼，是客家人文精神的现实表现，是一种务实精神，更是一种生存智慧。客家人文尊重人的价值，尊重传统文化的价值。客家人落地生根创造物质财富，用智慧和力量缔造精神财富，表现出色，令人赞叹。我也在想，寻找一个可以寄托客家人文精神的家园。

2003 年，我退休以后再次创业，第一个房地产开发项目命名“海燕 · 玉兰花园”，这是我对海燕生存斗志的赞美。它海天飞翔，冲浪觅食，是那样高傲！面对狂风恶浪，总是潇洒自如！我钦佩事业上有所作为的人，他们永远在路上，风云际会，适应环境，不畏艰险，他们获得事业成功，获得了财富。他们知道财富的最终归宿是返还于自然，却还是奋斗不息！也因为我对玉兰树有一份特别的感情，在心目中，玉兰树是孝悌的象征，表现客家人的青春活力和崇文尚德的人文精神。我在设想，用玉兰花园寄托客家的人文精神，体现客家人的美德和青春活力，传承我们的家教，以此慰藉心灵。根据这样的理念，按照“特色、平价”的构想规划、开发、经营，决心用工匠精神把“海燕 · 玉兰花园”打造成追赶时尚二十年的精彩楼盘。

“海燕 · 玉兰花园”占地约三万平方米，建设有六栋小高层，总建筑面积有十多万平方米。它位于惠州演达大道与麦地东路交叉处，坐西北面东南，三面临街，下三层适用于经营商贸、餐饮、康乐事业，四层以上是标准住宅用房。2004 年 1 月 31H, 在玉兰花园施工现场挖出一窝恐龙蛋化石，“玉兰温馨，龙诞呈祥，风水宝地，沐浴灵气！”商品房小区的突出特点是绿化面积大，有一万多平方米，以玉兰树为主，间种树木草地，营造安定、祥和、悠闲、尊贵的生态环境。地下停车场一万四千平方米，有充裕的停车泊位，可以满足业主泊车需要。十多年时间过去了，现在，这个全封闭、公园式的住宅小区，依旧美好、亮丽，草地绿茵青翠闪光，玉兰树浓郁碧绿欣欣向荣。老人小孩可以无忧无虑地在小区里玩乐，人、物、车流分离，智能化管理，提升了物业的商品价值。小区西面的金鸡沥改造成休闲场地，绿树、通道、休闲走廊，彰显了高档的生活品质，实现了经济效益、社会效益、环境效益三丰收和业主、投资者、经营者三满意的经营效果。就像玉兰树，青春碧玉，具有超越历史、时代和文化的永久魅力。

2013 年，由于公司资金一时周转困难，我们公司与 ×× 钢材贸易公司合作，用“海燕 · 玉兰花园”鲁惠酒店的四层楼房产，估值人民币四千五百万元向发展银行争取了抵押贷款额度两千万元。结果，我们公司由于卖出商品房获得了资金，没有用上该笔贷款额度，而合作者 ×× 钢材贸易公司用了该笔贷款资金的八百万元。2014 年贷款到期，×× 钢材贸易公司无法返还发展银行贷款。发展银行向我们公司追讨，要我们代替 ×× 钢材贸易公司还款，并且诉诸法律，法院判决我们公司代替债务人还款，并且查封了我们的抵押物业鲁惠酒店的四层楼房产。我们没有及时代替还款，发展银行准备把我们的抵押物鲁惠酒店四层楼房产资产打包，要贱卖给社会上的人。我们只好自己贱卖部分商场房产获得一部分资金，缺少的部分资金则向高利贷借款，才得以还清银行欠款，把抵押物鲁惠酒店的四层楼的房产证拿回来，渡过了被恶意贱卖资产的难关。

2016 年年底，债务人 ×× 钢材贸易公司还没有给我们公司还款。我的一个亲戚看不过，说：“把法院判决书和债务人的借据复印件给我，我叫社会上的人去追收，将收款金额的 10% 给他们作为劳务费。”我儿子摇头说：“非法讨债不可行！社会上的人去讨债，为了金钱会采取非常手段，会扣押人限制人身自由，或者是砸东西，逼人还钱。这些做法都是违反《中华人民共和国刑法》规定的，涉嫌非法拘禁，或是故意毁坏财物！犯法的事我们不能做……据律师说，法院的判决书和债务人的借据，二十年内都有效。只好等一等吧，相信可以慢慢地收回来的。非法讨债，收到钱或者收不到钱，都结仇！弄出一堆麻烦事来，更糟糕。我们又不是没有钱开饭，何苦呢。他们还钱，我们就好，他们不还，就当我赌博赌输了！”

我听了，很高兴，竖起大拇指，在他面前晃一晃，什么也没有说。抬眼看见窗外的玉兰树，青绿浓郁，似有花香飘逸，令人陶醉！心里在想，和谐友好，吃亏聚财，我们司马第的家教传承得好——“做人忠厚孝道有饭吃，做事慈善积德有福报”。

第二辑

景韩雅榕

每年清明节，回到家乡，路过通衢坪的时候，看到那棵大榕树，我就会驻足凝神，昂首望天，有无限的遐想。

2011年夏天，家乡龙川通衢镇委廖书记带领几个镇干部来到我办公室，说要以1870年建立的通衢景韩书院的名义成立教育基金，希望我能起带头人的作用，捐献一点钱。我立即答应捐赠人民币十万元作为启动资金……他们万分感谢，说了一番好话！

镇委书记他们走后，我想起了许多关于景韩书院的故事，印象深刻，在脑际间浮动，在眼前闪现。

父亲曾经告诉我：我们的曾祖父、祖父都是在通衢景韩书院读书识字的，耕田种地、做生意、开煤矿，样样精通，发了财就像景韩书院门前那棵大榕树庇荫子孙后代，有益于平民百姓。

据《龙川县志》记载：通衢景韩书院门前那棵大榕树相传是唐朝时代栽种的，算起来已有一千几百年的历史了。在秦始皇的时代龙川就已经设县郡，通衢坪是个驿站。通衢坪西边的山冈叫秦岭，常常烟雾弥漫；东边的大山叫玳瑁山，山下有一个山隘口，叫蓝关，雄伟险峻，是昔日潮州、嘉应州等地通往省城广州的咽喉之地。古时粤东一带朝廷命官以及商贩游人，南来北往，必经这里的秦岭蓝关。唐朝大文豪韩愈遭贬潮州赴任的时候，路过通衢驿站，他侄儿曾赶到这里来陪伴。当时，是隆冬季节，漫天飞雪。韩愈看到眼前雪花纷飞，蓝关路道难行，回顾一路走来，沉沉愁云惨雾，遥想前面目的地是蛮荒瘴江，前途茫茫。他侄儿远道而来，惫疲不堪，陪伴前行。面对此情此景，他满腔悲凉，在这棵榕树下吟成著名的七言律诗《左迁至蓝关示侄韩湘》："一封朝奏九重天，夕贬潮阳路八千。本为圣明除弊事，敢将衰朽惜残年。云横秦岭家何在？雪拥蓝关马不前。知汝远来应有意，好收吾骨瘴江边。”

韩愈被贬流放潮州的时候，路过通衢驿站，曾经在这棵榕树下歇息饮马，后人美其名曰：景韩雅榕，上书立传，为天下知名！在大榕树下设立景韩书院，在离通衢驿站不远的玳瑁山下的蓝关修建韩文公祠、孔圣祠、马迹泉等纪念性建筑物，成为遗迹。千百年来，有许多文人墨客，慕韩愈之名，面对韩愈纪念性建筑物遗迹，题诗咏词，书墨浇注。

现在，时过境迁，景韩书院发展建设成为通衢中学，其他遗迹大都已经消失，唯独通衢景韩雅榕，盘根错节，奇突扭曲。它那发达的根系，像巨型的虬龙爪，强有力地伸向它能伸到的地方，牢牢地扎入地层的深处。那土灰色不规则的躯干，离地高有三米多，胸径有十一米多，五条粗大的枝丫像五株独立的榕树，指向蓝天，撑起一片榕树林。三十米高的树冠，疏密相间，参差不齐，迎来鸟雀的飞聚。明朝洪武年间，通衢巡检司的长官邹元标曾经试问其随从，曰：“此树有罪，谁知之？”其一部下答曰：“头霸天，尾霸地，鸟雀闹公堂。”这样的描述，可谓言简、形象。它生命力是那样的顽强，经历过地震大灾、狂风暴雨、严寒烈暑，经历改朝换代的劫难，照样坚挺，照样浓荫遮天盖地，焕发着青春，郁郁葱葱。

景韩雅榕根深蒂固，似是托起一把特大的绿色雨伞，凝固在碧蓝的天空下，成为一个地方的生鲜地标，为人们遮阴挡雨，为人们美化生活。大榕树像是一尊伟岸奇崛的活化石，傲骨铮铮，威仪玄秘，博厚深沉，慈祥恬静。多少人慕名而来，在树荫的下面，仰望着大树，寻找每一根枝节每片叶子每一个疤痕铭刻的历史沧桑，思考着它的文化底蕴。古老的通衢大榕树，是故乡父老乡亲的生命与历史的组合，是精神和力量的化身，是乡亲们祥瑞和神圣的象征，也是他乡游子的灯塔、骄傲和印记。

我对景韩雅榕还有一种特殊的感情。儿时第一次看电影就是在景韩雅榕下，那个感受给我留下深刻的记忆，影响着我的人生。

六十多年前，看电影对农村孩子来说是一件特别令人兴奋的事情。那时候，我刚读小学。记得那一天的上午，下课以后，老师告诉我们说：“下午放假，不上课，大家都到通衢坪大榕树下广场地坪去看电影。”

我们高兴得不得了，回到家里告诉父母亲，他们也很高兴。父亲也没有在露天广场看过电影，决定跟我一起去。

下午不用上学，我也不用像往常那样要去放牛或者是挎起竹篮去割猪草什么的。我们家离通衢坪有十多里路远，羊肠小道，走路要一个多小时，必须早早吃完晚餐（稀粥）赶去。我在家与父母亲一起准备晚餐，好不快活。父母的家务分工也非常明确，配合特别默契，一个在灶下烧火煲粥，一个在灶间做菜，三下五除二，稀粥和蔬菜做好了，上桌了，我们早早地吃晚餐。

吃过晚餐，我们和村子里的男女老少，像赶集那样，三五成群地结伴，大人们扶老携幼，孩子们你追我逐；姑娘们花了工夫打扮，脸上显出兴奋，喜气洋溢；小伙子们换上了好衣裳，走路一阵风。大家你追我赶，一起向通衢圩赶去。

来到景韩雅榕下的广场，早已有人在那里指挥，叫所有看电影的人按村整理队伍，到指定的位置去看电影。大人们带有凳子的在最后排，年轻力壮的站在中间，我们小孩子在前面，离银幕较近。大家都找个合适的地方坐定。年轻小伙子们和姑娘们站着，时不时地还要推挤几下，弄得场地起“波浪”。我们这些孩子，随便捡起一块石块，或者是棍棒、砖块，席地而坐。

电影开始前，放映员就着大喇叭用本地土话介绍剧情，把大家的好奇心调动起来；放电影过程中，他也不断地带着感情用土话讲解，加深大家对剧情的理解，使大家更加全神贯注。我们仰着脑袋，张着嘴，眼睛一眨也不眨地聚精会神地看电影，生怕漏看电影中的某个细节。

记忆犹新，这一场电影是《白毛女》，真是令人兴奋，令人心酸，也特别令人难以忘怀。回家的路上，大家都七嘴八舌，议论纷纷，评说着剧情及对剧中人物的感受。

我父亲一言不发，他好像是另有心事，拉扯着我快走。

回到家里，已经是深夜，母亲却一直没有睡，在等着我们。

等我和父亲冲洗完后，母亲把晚餐剩下的稀粥和蔬菜热好了，看着我们父子吃。她问电影好不好看？我说好看，接着把电影故事的大概向她叙述。

我告诉母亲：电影讲旧社会把人逼成鬼，新社会把鬼变成人。黄世仁残暴无良，万恶不赦；杨白劳贫困无奈，弱小受欺；喜儿美丽漂亮，善良无助；大春刚强正直，机智英勇。我调动了情绪，绘声绘色，声调随电影故事情节变化而变换，为剧情兴奋而兴奋、悲哀而悲哀。

父亲用心地听着，还不时点头。我看见父母亲对我讲故事口才的欣赏，心里很快乐。正当有些得意忘形的时候，父亲却忽然很认真地问我："你说，杨白劳为什么那么贫困与艰难？"

我迷惘地瞪着父亲，摇着头，不知道如何回答。

父亲很认真地对我说："杨白劳之所以贫穷受欺负是因为他没有读书，没有文化，不会打算，不善经营。他做豆腐生意，却不能养家糊口，怨谁？有句老话：吃不穷，用不穷，不会打算一世穷。瞅做事都要学会打算，要是不会打算，就会受人欺负。一个人要有见识，要有文化，就要读书，就要学会算术。我们的老祖父曾日申，他在景韩书院读书，学会识字、学会算术，后来睇煤生意发了大财。有好多人与他一样去挖煤炭，就他一个人发财致富，当了财主。为什么呢，就是因为他有文化、有见识。他发财有钱以后不嫖、不赌、不欺负别人，而是做善事。他建了大屋给子孙居住，他造桥修路让人们行走方便，他还在修筑的路途中建造凉亭。从龙川鹤市坪到五华双头坪的石阶路和麻石桥、两座凉亭，都是他带头出钱修建好的，方便老百姓，大家都说他是好人。可惜儿子们分家后，四分五裂，又兵荒马乱，土匪打劫，我们家族也分化了，有的变成了富人家，有的则成了穷苦人家。唉！你要学习老祖宗曾日申，好好读书，好好做人。孝道、仁爱，努力让自己长成一棵大树，庇荫亲顾友，庇荫村民百姓！"

母亲说："烂在世，不要做恶人，不能欺负别人，也不能被人欺负！生息轮回，总会有报应的。似黄世仁那样，欺负人，遭报应，被枪毙！"

当时，我并不理解父母亲那些教诲的深意，我只是记住了："好好读书，好好做人，努力让自己长成一棵大树。"现在，我算是事业有成，也像是一棵大树，有一班人共同浇灌，共同享受树荫，共同富裕起来。自己过得好，也为兄弟子侄及亲戚朋友的安居乐业做出了贡献，没有辜负父母亲的期望，可以心安理得。

梧桐春晖

2001年7月，高中同学回母校龙川金安中学聚会，庆祝毕业四十周年。

我回到从初中到高中的六年学习生活的地方，许多美好的、痛苦的记忆被唤起。五味杂陈，印象深刻难忘!

最为深刻又特别美好的记忆是关于图书馆的。龙川金安中学于1927年成立，由于诸多先贤的关怀，藏书特别多，据说是东江一带藏书最多的图书馆。我特别爱读书，课余时间钻在图书馆里，上课钟声不响不离开。管理图书馆的叶道生老师给我起了个挥名叫“蛀书虫”，当我在图书馆里看书看得忘记时间，他会笑着说：“蛀书虫，到点了，该离开图书馆了。”

记忆中的图书馆是一栋很大的房子，里面有很多藏书，三分之二以上的地方是藏书室，三分之一不到的地方是阅览室。藏书的书架比人高，且多。中间分开，成两行排列，周边以及书架上面堆满了装订好的报刊，密密实实，塞满了一屋子。书架里的藏书分门别类，栏目清晰。在藏书大栏目的诸子百家经典里有很多线装藏书，如《诗经》《楚辞》《论语》《大学》《中庸》等，在历史散文经典里有《史记》《贞观政要》《尚书》《左传》等，在宗教经典里有《太上感应篇》《性命圭旨》《金刚经》等，在家训经典里有《孔子家语》《治家格言》《曾国藩家书》等，在权谋经典里有《三十六计》《六韬》《三略》等，在蒙学经典里有《三字经》《增广贤文》等，在文论经典里有《文心雕龙》《人间词话》等，在百科经典里有《梦溪笔谈》《天工开物》等，在神话经典里有《山海经》等，在逸事经典小说里有《世说新语》等，在游记散文经典里有《徐霞客游记》孤本，以及国内外诸多名著，举不胜举，数不胜数。

可是现在，除了大房子以外，完全变样了。所有书架和那些藏书以及装订好的报刊都不见了。藏书室和阅览室的空间也倒过来了。藏书室里只有国内外一些名著，如《红楼梦》《三国演义》《西游记》《水浒传》《钢铁是怎样炼成的》《红岩》《红旗飘飘》等。

我心里很不好受，问身边的现任校长："过去的那么多藏书哪里去了？"

校长说："在'文化大革命'中被烧掉了……在大操场中央，连书架一起烧了两天两夜！真可惜！"

我无言以对，默默走开……

从图书馆出来，看见大操场还是过去那么大，中间是足球场，周边是两个排球场、六个篮球场和一个田径运动场。大操场边上的梧桐树林还在，好像少了许多棵，但基本上保留原来的样子。看到这，我心中立即泛起了许多关于梧桐树林的美好记忆。我们曾经在梧桐树林下读书、玩耍。记忆中母校的成片梧桐树林，一年四季，景观不同，春夏秋冬都无比美丽，令人愉快！

春天，梧桐树经过一个冬天的顶风斗霜，那光光的枝丫慢慢地绽放绿色，嬉戏笑颜，张开手掌大的叶片，迎接明媚春色。等到梧桐树花盛开的时候，站在母场东南角的边上，放眼往左右两边的山窝处望去，梧桐树林的树冠连成一片，银装素裹。它的花朵，开得繁盛，开得引人瞩目。绿叶之上那一簇簇雪白的花朵拥挤着，像是绿色地面上堆着雪山，既可远观又可近赏，只是不可把玩。早晨，晨曦中，金色的阳光与白色的花朵迸射出道道漂亮的光芒，在薄雾静谧的校园里飘忽缭绕，空气中隐隐约约飘动着些许清香。偶尔也见几只蜜蜂，往来点点。到梧桐树花朵凋落的时候，花朝摇着身子，悄然地落在地上，轻轻地躺下。闲花落地无声，一朵一朵又一朵，数不清的白花组成了和树冠投影一样大小的白色花毯，像是堆堆棉花，洁白、无暇。一棵梧桐树下就有一块美丽的雪白毡垫，煞是好看。

夏天，树冠上宽大的叶片密密层层地聚集在一起，绿叶成荫，十分迷人。树上的蝉儿断断续续的"知了，知了"声是那么动听，那么安详。虽然不宁静，却伴随我们的读书声，形成一曲美妙的交响乐曲合奏，扣人心弦，引诱我们对未来美好生活的无限向往！

秋天，硕果累累挂在树梢。一束束，一团团，挨挨挤挤。一眼望去，令人心花怒放，它的风姿叫人L、旷神怡。它质朴无华，却又透露出一股股浓郁的芳香。

冬天，果实收获了，绿叶也凋谢了。在那寒冷的时光里，那光光的树枝，笑对苍天，顶风斗霜，仍然笑逐颜开，占尽风景。它在积储能量，准备来年再开花结果，贡献社会。

我想起了民间关于梧桐树的美好传说——“凤栖梧桐”，说凤凰只喜欢栖息在梧桐树上，说梧桐是充满灵性的树木，高贵繁茂，树干直生，理细性紧，高耸雄伟，干皮青翠，叶缺如花，妍雅华净，雄秀皆备，让梧桐树与美丽吉祥的灵鸟凤凰相匹配，真美。李白有诗句说：“宁知鸾凤意，远托椅桐前。”《诗经 · 大雅》中也有诗句：“凤凰鸣矣，于彼高冈。梧桐生矣，于彼朝阳。”把凤凰与梧桐放在一起说，作为相互对应的祥鸟名木共同出现，是人们对美好生活的一种向往。它好像是在告诉人们：大千世界，芸芸众生，当你懂得欣赏和珍惜自己本身价值体系的时候，谁都有一样东西，有一种可能，有一种方式，可以大放光彩，可以光辉感人。

此时此刻，我们置身于校园梧桐林的风景线之中，享受着读书时代的欢乐，回忆读书时代的无限风光。梧桐树林依然那么苍翠，蝉鸣的乐曲此起彼伏，声声呼应。

读书的时候，是经济困难时期，学校曾经组织我们“勤工俭学”，既能帮助学生增强做事的本领，又能创造一点经济收益。其中，令大家最为深刻又苦涩的是“挑煤炭”。当时，国家大力推行“教育与劳动生产相结合”的教育方针，劳动成为学生的必修课。初三以上的学生，每个月都要到离学校三十多里远的五华县双头山地里去挑煤炭给学校厨房做饭炒菜用。虽然我们这些学生都是生在农村长在农村，但是家里人把我们当宝贝，一般的重农活都不让干。对于长途挑煤这样的重体力劳动，我们还是很难接受。至今，对于第一次去挑煤的情景，我们都记忆犹新，那难受的程度真叫人难以言表！每次同学聚会，谈论起当时的情景，心头似乎还会隐隐作痛，还会感受到双脚发软的滋味。同学们知道第二天要起早去挑煤炭了，头天晚上心里忐忑不安都睡不好觉，生怕在挑煤炭过程中会出事，担心出丑。

那天，天蒙蒙亮，我们就起床，用过早饭就出发了。路上同学们还是有说有唱，欢歌笑语，走了三个多小时，才到达煤场。同学们各自往畚箕里装煤，按自己能力，装多装少都可以。我和叶国馨、方德良三个比较要好，一起往各自畚箕筐里装煤。我生长在石灰场附近，所以有挑煤的经验。看见方德良两个筐装的煤不是一样多，一头重一头轻，就知道他没有挑煤炭的经历。他挑起来摇摇晃晃的，没走几步就不行了。我叫他把担子放下来，告诉他："担子两边装煤的重量不能相差太大，要平衡。"并帮助他把担子重新整理好，使两边煤的重量基本相当。又告诉他："你要记住，扁担不要放在双肩上，一定要单肩挑担。扁担在左肩上的时候，把左手放在前，右手抓住后面的畚箕耳；感到左肩累了的时候，就换右肩挑，左右手也跟着交换。走路不要急，要有节奏……"

我们三人同行，两条小腿像灌了铅似的，停停歇歇，好不容易来到庚丫头山脚下。我们放下担子，什么也没有说，只是抬头仰望着前面的山坡发呆。我们算算路程，大概走过了三分之二，可是前面是爬坡，而现在我们肚饿口渴、双脚发软，怎么前行呢？我提议去山溪谷中喝口水，再走。他们都同意，一起到山溪流水中喝水。真的，喝水以后，获得了能量，我们爬坡前行。上坡下坡，气喘吁吁，移动着仿佛被铅锤拖拉着的双腿，豆大的汗珠奔流全身，好不容易回到了学校。

班主任陈道宗老师站在学校路口的梧桐树下，看见我们三人，很高兴，很同情，指着我们那装满煤炭的畚箕，小声地亲切地对我们说："你们挑那么多煤炭，当然辛苦了。要是挑少一点，就不会那么累了。你们还小，要学会保重自己！不要去争着做劳动积极分子，要做学习积极分子。学生的正业是读书、是学习，要争取时间，好好读书，考上大学。"

几句贴心话，说到我们的心坎里。几十年过去了，我对此仍然记忆犹新，至今想起，依旧无限感慨！

当天晚上，我们都闹肚子。第二天去看校医，校医说是急性肠胃炎！其实，病了的何止我们三人。去挑煤炭的同学，百分之八十都病了，校医说我们要休息三天，不能正常上课。

关于"勤工俭学"还有一件很刺激的事，跟"吃麦团"有关。与"挑煤炭"对比，"吃麦团"简直是一种享受。同学们说起那件事，却是谈笑风生，似乎还有一点叫人嘴馋的感觉。

那时候，我们正长身体，每天只有六七两米下肚，连维持生命的基本热量都不够，天天都是饥肠辘辘。为了度过灾荒，很多同学都用干番薯苗的叶子与米混合在一起蒸饭吃。芭蕉树头以及山上的黄狗头、山裳叶等我们都吃过。我们还曾经步行六十多里到佗城，寻找糖厂榨糖后遗弃的甘蔗渣，用蔗渣粉做成团子充饥。对于“蔗渣粉团”，我们起先因甘蔗甜想到蔗渣也应该是甜的，就觉得“蔗渣粉团”应该很好吃，可实际吃起来却是咬不动，又粗又涩又哽喉，真难咽下去。因为肚饿，只能硬着头皮吃，但第二天也因此便秘、肚痛，再也不敢吃这玩意儿了。

学校还曾组织我们在古坑周围的山上开荒种番薯，在农田里种菜、种麦子。割来麦子，摘来青艾，用石锤把麦子碓成粉，加上青艾做成粉团，放在大锅里蒸熟，个个麦团子，青青的，就像绿色的宝玉，散发着麦香和艾香。同学们一人分到两个，捧在手里，像过盛大节日，兴高采烈地吃起来，啃一口，还有长长的艾茎，艾叶那特有的苦甘味也格外诱人。在那极其困难、饥饿的时刻，有这样一顿麦团果腹，就像吃到了全世界最美味的食品，是对饥饿的安慰，也像是一首赞美诗。

岁月流逝，往事如烟。同学们相聚讨论“吃麦团”，好像那深绿色的麦团子就在眼前，仍然美味。现在，吃过麦团的同学们里，有千万富翁，有升斗小民，有教授高工，有中小学教师；或住乡村，或居闹市，各人以各种方式生存、发展，为社会作贡献。但他们都没有迷失方向，都交出了清白的人生答卷，无论是饥饿艰苦的过去，还是物欲横流的今天。换一个角度看，这也是一种成功啊！李屋村的石碓也许早已被遗弃，而当年“唯当、唯当”的石碓声还在耳边鸣咽！那麦团子，绿绿的、圆圆的、厚厚的，那青艾甘苦的气味，那麦子清新的芳香，那艰苦岁月里克服困难的意志和毅力，仍留在我们的记忆中，且毕生难忘。

还有一段关于我们学生自己开小灶“打牙祭”的故事，也十分有趣，现在说起来还觉得是一种玩乐，很开心。

所谓“打牙祭”，就是在生活贫苦时偶尔弄一餐好吃的，解解嘴馋。而我们学生哥“打牙祭”的方式就是去捉鲜鱼。现在回忆起来，依旧感到刺激。在那个年代，河流还不曾被污染，生物资源丰富，天上飞鸟多，水中鱼虾多。每到夏天，天气热了，村边的塘角头，村外的小溪里，凡能蓄水的坑坑洼洼，都有鱼有虾。当时我们捕捉鱼虾的工具也很简单，主要是用畚箕。首先，将畚箕往水里一放，用脚在畚箕口踩动，把鱼虾赶进畚箕里，当鱼虾进入畚箕后就迅速地把畚箕往上提，就可以把一些小鱼小虾捉住。运气好的时候，一个时辰，就能捕捉到一两斤鱼虾。在肚子饥饿到极点的时候，有鱼虾食，那真是快乐无比啊！我们母校后面有一个水库，沿着水库的排洪道下来有一条溪沟，里面经常有很多鱼虾。我们的同学李子强的家就住在排洪道下面的溪沟附近的古坑李屋村，我们曾经三番五次到溪沟里捉了鱼虾，到他家里“打牙祭”。

记得有一天傍晚，我们几个同学到古坑溪沟里捉鲜鱼。在李子强同学门前水碓屋（以前的碾米房）的水渠中，将沟渠堵住，把流水引开，很快，下渠水变浅了，一阵“啪啪”声响，一条两斤多的大鲤鱼游不动了，在挣扎。还有一次，我们抓到了一条五斤多的鱼，享受了一顿美味的晚餐。

如今，我们行走在校园里，同学们谈论着共同深刻的记忆，互相诉说着彼此的人生经历，分享离别后的喜怒哀乐。如今，回想起往事，觉得人生在世，真是弹指一挥间。面对母校梧桐园林，忽然间，我又记起了班主任陈道宗老师的亲切教诲：“要做学习积极分子。学生的正业是读书、是学习，要争取时间，好好读书，考上大学。”

梧桐春晖，我们没有辜负老师的期望。我们都似梧桐树那样，懂得欣赏和珍惜自身的价值，都用各自的方式，彰显人生光彩。方德良、叶国馨以及我，三个当年学习的积极分子，现在都事业有成：一个是大学教授，一个是高级工程师，一个是县处级领导干部。面对此清此景，我告诫自己：今后还必须坚持好好读书、学习、奋斗、养生，让日子过得更加美好。

参观过校园，我们又与在校的老师和学生代表开了座谈会，还给学校捐款购置教学用品，最后在新校门前照相留念，直到傍晚，我们才依依惜别，互相祝福：从今以后，要开开心心地过好每一天！

投桃报琼

2006年10月，同村老乡龙川金中1959届的高中校友何其芙先生从广州到惠州来找我，很恳切地说："明年是母校龙川金安中学八十周年华诞。想以1959届至1961届高中毕业校友的名义，为庆祝母校华诞八十周年编辑出版图书《金中校友》，作为精神财富，献给母校。这项工作要做好，需要两个先决条件，一是要有校友供稿，二是要有一笔出书及开展活动的经费。"

"一石激起千层浪"，我与母校的恩恩怨怨一下子涌上心头。

在那个"阶级斗争为纲"的年代，我受过永世难忘的歧视。我读书用功，成绩也好，却因为一件小事让学校领导不高兴，致其对我不公平，给我写下了"不可录取"的政审结论。我因此考不上大学，与"天之骄子"失之交臂，也为此大病一场，病得三天三夜不省人事。最后，是我那做医生的二哥骑着自行车从惠州赶回龙川玳瑁村老家，把我的病治好。生死劫难，刻骨铭心，不堪回首。因此，我曾发誓要与龙川金中断绝关系。1997年，在龙川金中开展校庆七十周年活动的时候，我当时已经是副局长兼国有企业老板，有能力为龙川金中开展校庆七十周年活动提供支持。但是，当龙川金中校友找到我，要我组织校友捐钱捐物向母校献礼的时候，我断然拒绝了他们！

后来，自己一个人静静地想一想，在那个时候，社会风气、人情世故都受到政治路线的影响，各种各样的不公平都是执行阶级斗争路线的结果，自己的遭遇怎么能怪罪于人呢？"祸兮福所倚"，现在自己能够有这么好的事业和生活，也是读书明智的结果。

自我抚慰心中曾有过的创伤，忽觉自己过去对待母校的态度错了。是母校的教育培养，使我爱读书、与书做朋友；是母校图书馆，让我读到很多藏书。回想过去在母校读过的好多经典故事，我对曾经的创伤又有了深一层的理解。司马迁的《报任安书》告诉我们，西伯拘而演《周易》，仲尼厄而作《春秋》，屈原放逐乃赋《离骚》。这篇文章，我因过去经历浅薄而读不懂，现在细细地体会，才理解其中的内涵，算是读懂了，受益匪浅。我从中发现，中华文脉有一个突出的特点和优势：自我纠错能力很强。中华人民共和国成立之前，民族面临土崩瓦解的危险；中华人民共和国成立后，我们很快就有了具有威慑力量的"两弹一星"，使世界各国再不敢小视"东方睡狮"。1978 年之前，我国经济也曾经摇摇欲坠，但是，经过改革开放、拨乱反正，在短时间内，我们就跟上了经济全球化的进程，飞跃发展！在邓小平理论的指导下，我国实行社会主义市场经济体制，国家走向民富国强的道路，很快成为世界经济大国，令人欢欣鼓舞！这么一想，觉得自己欠了母校教育之情！

何其芙先生看我在沉思，猜想我对母校还有成见，开口说："一日为师，终身为父。我们应该对母校有感恩之心。母校用精力、花时间教育我们，我们应该知恩报恩，要有所行动。《诗经》里说，投我以木桃，报之以琼瑶。从'木桃'到'琼瑶'，只是一枚感谢的种子。爱与被爱，这之间连接的不过是一份心意。或许，木桃对被感恩的他，已是上上之品，报之以琼瑶，也未必就是倾其所有。民间俗语，教子醒世《增广贤文 · 朱子家训》里说，'涓滴之恩，当以涌泉相报'。羊有跪乳之恩，鸦有反哺之义。母校的教育之恩，与父母的养育之恩同等重要，必须努力报答。"

听他那么说，我也感悟到，过去的许多苦难，都是时代因素造成的，于是兴奋起来，立即向校友何其芙先生表示积极支持："为了庆祝母校华诞八十周年，我可以供稿，也可以资助经费。所需资金，你们集资多少算多少，缺少部分由我承包。"

何其芙先生很高兴，对我表示非常感谢。

我说："这是感恩母校，是学子的本分，也是共同的心愿，不用多谢。"

此后，何其芙先生组建了广东龙川《金中校友》丛书编辑委员会，共有九个成员，分工明确，不仅致力于组织文稿，并且积极地与现任金安中学校长联系、协商、议定庆祝母校八十周年华诞的相关事宜。经过校友会的反复研究，最终确定在 2007 年 7 月上旬开展有相当规模和影响力的校庆活动：一、正式出版图书《金中校友》；二、募集一笔资金给母校改善教学条件；三、在县城霍山宾馆召开有三部分人员参加的庆祝大会：一是有条件参加会议的 1959 届至 1961 届高中毕业的部分校友，二是新老教师代表，三是仍在母校就读的高中学生代表。

校庆活动的重头戏是编辑出版《金中校友》，这是一件费心费力的工作，十分考验人。

编辑出版《金中校友》一书最开始的困难是组织稿件。这样一本散发着墨汁书香的书籍，征稿时间短，赐稿者少，原因有两个：一是校友普遍年事已高，且育孙家务繁忙，动笔撰稿困难；二是“征稿启事”只是提纲，好些要求和规定不具体，未能调动校友们撰稿的热情和积极性。针对这样的情况，编委会向校友们印发有关资料，重新明确：（1）突破征稿局限。特别强调，凡是来稿，不管写得好不好，只要内容健康、思想正确，都由编委精心修改收入《金中校友》；（2）若校友撰写稿件确有困难，可由本人提供资料，由编委上门专访编写；（3）征稿可以提交自己获奖的论文和已发表的作品。这样一来，校友们的创作热情调动起来了，赐稿多了，由“稿件不足”变为“稿件过剩”。于是决定扩大成书的规模，保证大家的作品都能予以采用。

《金中校友》的封面也经过精心设计，颇具特色。以学校校门为标志性画面，用暗红的金黄颜色作为底色，背面是太子山，前面是鹤市河，学校置于青山碧水之中。封面的龙川金中的门庭上有学校校牌，校牌下的校园里有一群莘莘学子背着书包，青春勃发，风华正茂……这样的画面表现出了母校的基本特点：有“青山、碧水、校舍”之要素，又有“厚重、庄重、高雅、大气”之理念，给人以真实的美好的感觉！

2007 年的秋天，书印制完毕了。一部厚重、庄重、高雅、大气的《金中校友》呈现在广大校友和母校师生的面前。它是“集体力量之创作”，是校友们“智慧、心力、血汗之结晶”。它是校友们团结奉献的颂歌，也是校友们睿智忘我的赞美诗，更是一部汇集校友们坎坷人生、感人事迹、卓越成就的教科书！希望这本书能对母校在读的师弟师妹们思想的提高、情操的陶冶、道德的优化、学业的提高有所影响；也希望这本书能对母校教育鼓励学生“树立人生理想，端正学习态度，形成优良学风，刻苦勤奋，学有所成”有所助益。此外，这本书籍也是校友们退出“历史舞台”后人生价值的又一次体现。

《金中校友》由何其芙先生策划、编撰、出版。他为此付出了时间，耗去了精力，倾注了心血。他那废寝忘食、热情执着的精神，令校友们钦佩和称赞。

2007 年 11 月 1 日，广东龙川金安中学建校八十周年庆祝大会按照预定时间在龙川县城的霍山宾馆召开。到会的 1959 届至 1961 届三届高中毕业校友共计有九十多人，有老教师代表、县教育局领导以及现任学校领导、老师代表二十多人，在校的高中学生代表五十多人，共计一百六十多人参加，气氛非常热烈。

那天，久没见面的同学们相聚后，都欢叙离别情怀，真情热烈，叙说人生，欢乐祥和；照相录影纪念，赠送纪念品，无不高兴。光阴似箭，说长也真长，说短也真短，真是弹指一挥间！同学们在学校读书的时候，都是热血青年。别时风华正茂，现在相聚都已经双鬓斑白。各自的人生经历，各不相同地刻画在脸上。有人满脸皱纹像松树皮一样，展现着生存的艰辛；有人已经没有了门牙，越加显得苍老，让人心酸；也有人虽然满头白发、秃顶，可满脸风光，散发出事业有成的风采，令人羡慕，令人赞美。

会议的主题词是“感恩”。会议主礼嘉宾作了有关感恩教育的专题报告。希望通过感恩教育加强在校学生思想品德修养，提高在校学生的道德素质，使“感恩”之火能够代代相传！

会议中，我们把精神礼品《金中校友》捐赠给母校图书馆和在校的全体师生。同时，还捐资为母校购置教学物资、修建两大水泥球场、装修图书馆等。《金中校友》一书有七十多位校友的作品，含资料共计二百五十多篇、图片二百多幅，汇集母校 1959 届至 1961 届高中毕业学子的智慧结晶，是同学们数十年为国家为人民为社会创造财富和价值的宝贵经验的总结，是同学们数十年的心血。用这样一份凝聚了校友们对母校深情厚谊的精神财富和物质财富的礼物，向金安中学八十华诞献礼，既表达了校友们对母校培育之恩的感谢，又寄托真切的希望：希望通过这样的行为为母校创造、积累、丰富教育资源，希望通过这样行为对母校提高教育质量有所帮助，希望通过这样行为激励在校的师弟师妹以及往后千千万万的师弟师妹好好读书，天天向上。

庆祝大会的当天，河源市及龙川县电视台对此作了跟踪报道，可谓盛况空前，影响力极大。广州《老人报》2007年11月14日为此作了专题报道——《金安中学掀起感恩教育热潮》，把校庆活动的整个过程向读者做了详细的介绍，该文是这样评价我们的行为的：“他们的创举、他们的热忱、他们的心力，得到了社会各界的赞誉。”此外，还以《感恩是人性中极其高贵的品质》为标题对我们的庆祝活动发表评论，写道：

“感恩是人类的共性，是世间一种十分美好的感情，是人性中极其高贵的品质。每个人都应该常常怀有感恩之心，时时树立感恩意识，感激生育自己的父母，感激抚养自己的恩人，感激培育自己的师长，感激关怀自己的亲友，感激一切帮助过自己的人们和社会团体……当然，很多父母、师长以及帮助过自己的人，并不渴望我们对其本人进行感恩、回报，但感恩意识对我们来说不可或缺。如果忘恩，甚或背恩，那是道德的缺失、文明的丧失，会导致人间冷漠、民族愚昧、国家落后、社会倒退。因此，我们要以胡锦涛总书记倡导的荣辱观来教育、修炼自己，以‘感恩’为荣，以‘忘恩’为耻。”

“‘感恩’不仅是我们中华民族的优良传统，其他先进国家也极重视感恩：当今世界最先进的美国就为‘感恩’设立法定节日——‘感恩节’，由先后两任总统华盛顿、罗斯福批准每年11月最后一个星期四为美国全国统一的‘感恩节’。这与我国每年的中秋节相似，目的是让全国人民共享天伦之乐。”

“‘感恩’还是一种处世哲学，伟大科学家爱因斯坦说过：‘每天我都无数次地提醒自己，我的内心和外在的生活都是建立在其他活着的人和死去的人的劳动基础上；我必须竭尽全力，像我曾经得到和正在得到的那样，做出同样的贡献。’伟人和普通人一样都有一颗感恩回报之心；培养和树立感恩意识，既是回报父母、回报母校及其他施恩者，又是一种社会责任意识、爱心情怀、健全人格的体现。感恩回报的爱心多了，人与人的误会、隔阂、责怨就会减少以至消除；关系就会融洽，相处就能和睦；构建和谐的社会，建设先进的国家，提高全民族的素质，就会由正确的理论变成美好的现实。”

这样的社评，切中时政，适用于实际，让校友们很受鼓舞。

就这一次活动，龙川县委原副书记称赞说：“这么大型的庆祝活动，又出书，又赞助，要花费三十多万元，真不容易。滴水之恩，涌泉相报！它也告诉人们：好好读书，事业有成，才有能力感恩！你们做成这么一件大事，是实干创建的丰碑！你们的行为超越平庸，实现了卓越！为家乡的学子们树立了榜样！”

我同意龙川县委原副书记的结论。点头说：“作为人，实实在在地干事业比有钱更重要！学习、实干才能实现卓越。”

我想到做人、做事业的许多道理，觉得世间人、事、物都存在生成与结果的过程，都是一种状态：不管是卓越还是平庸，过程相似，结果却是千差万别。就像到处可见的高大挺拔的木棉树，木棉树先开花后长叶。每年的春天，木棉花盛开。花萼黑褐色，五瓣花冠，橙红色爬满树枝，非常壮观。这个时候，很多人都会去采集木棉花，把它晒干。晒干后的木棉花有解毒清热、驱寒祛湿的功效，到暑热的时候，可作为一种解暑的食材，用以煮粥或煲汤。到了夏天，木棉树那些结成椭圆形的果实会裂开，内里的卵圆形种子会连同白色的棉絮随风四散，真令人赞美。在木棉花树果实裂开之际，人们会去采集果实，将木棉的果实晾晒干之后，搜集里面的木棉花絮，作为填充棉袄和枕头的原料。还有，木棉树生命力顽强。木棉树的种子即使是在极恶劣的环境里，亦能够发芽生长，很好地生存。因此，文人墨客赋予木棉树极为深厚的文化内涵，写下了大量的赞誉木棉树的诗词和美术作品。文人墨客们都喜欢用木棉花来比喻华人的傲骨，象征中华民族国民的坚强与持久的毅力，寄寓对未来灿烂前途的憧憬。这些都体现了木棉树卓越的品质。但是，木棉树的树干虽然高大，材质却极差，不但不能做顶梁柱，不能拿来制造用具；就是作为柴火，也难于燃烧，常会死火。换一种角度看，也正因为它没有多少实用价值，所以才没有人去砍伐它，才成就了它的长寿与卓越！

时代造英雄，时代本身是卓越与平庸并存，能否把握时代的脉动，关乎一个人的前途。卓越时代的机遇满天飞，即便是平庸的人也有可能分得一杯羹；而平庸时代却是暗礁重重，稍不留神就会在阴沟里翻船。一个人想成为卓越的人，需要学习、实干，也需要时代赠，只有紧跟时势才能使人卓越。

爱怨情深

2011 年 7 月 7 日至 7 月 100 是值得铭记的日子，龙川金安中学高中 1961 届同学在龙川松林宾馆隆重召开了毕业五十周年纪念大会。

会前，纪念大会组织者问我："请不请老校长？"

我说："你们决定。"

他说："请吧。2007 年，庆祝母校八十周年华诞的时候，曾经邀请老校长参加，他没有参加。大家猜想这其中的缘故，可能与你没有上大学有关系。今年是毕业五十周年纪念大会，不请他，说不过去！请他，是我们的本分，我们应该尊敬他；他不来，我们也没有办法。情分到了，对得起良心就是了。"

我表示同意，又想起了五十年前我与老校长之间的爱与恨。

2000 年，我们同学聚会的时候，原来的班主任陈道宗老师告诉我说："你高考成绩很好，六门学科，总分高达五百多分。你的大学录取通知书是被退回去了，因为你的政审不过关，档案被归类在'不可录取'的行列之中！听学校领导说，在考生政审的时候，有人揭发你的堂兄是反革命分子，是在 1951 年被枪毙的……是学校领导与县文教科专门研究决定把你的大学录取通知书退回去的，说共产党的大学不能培养废品，也正因此你的落取通知书是便笺手写的。"

天哪，原来如此！

在金安中学读书的时候，我曾经是很出名的好学生。又红又专，是优秀共青团员，是优秀少年先锋队辅导员，是优秀学生干部，是学习成绩尖子。因此，老校长对我是特别重视，钟爱有加。记得有一次挑煤炭，他在堆积煤炭场，看见我挑担的煤炭比较多，称赞说："你年纪小、个子矮，挑担煤炭有五十多斤，跟年纪比较大、个子比较高的同学差不多，真棒！”他鼓励我要好好学习考上优秀大学，为学校争光。我也是一门心思想考大学，放言一定要上清华、北大。可是，参加学校的兵检后，我和老校长的感情、关系发生了剧烈变化。可能是我不听老校长的安排，闹了意见；也可能是别有原因，老校长不理我了，我也再不敢到他办公室去。从此以后，我埋头读书，专心一意争取考出好成绩。高考完毕以后我心情非常好，自己估计考取第一志愿清华大学应该没有问题。每天都做着到清华大学念书的美梦，在准备着去北京的路费。我的家境很困难，高考结束第二天，我天天早早起床，到离家有二十多里路的五华县煤炭场去挑煤炭，这样每天可以有几毛钱的收益。为了多挣钱，我宁可辛苦一点，所以挑煤炭特别卖力。我盘算着，从高考结束到大学开课，足有四十天。这四十天里，我挑煤炭可以赚到三十元。可高考的结果完全出乎预料，我也体会到“名落孙山”是一种怎么样难受的滋味。

同学们也都不理解，为什么我会考不上大学？

当我拿到县文教科用便笺钢笔书写的，并且盖的是县文教科公章的落取通知书的时候，心里打了一个大问号，为什么我的落取通知书与众不同呢？当时，我失魂落魄，在想：其他考生的落取通知书都是铅字打印的，盖的是省招生办的公章，而我的落取通知书却是手写的。这样的差别，明明白白地告诉我，不是因为考试成绩差考不上大学，而是另有原因，于是我下决心回学校去找老校长盘根问底。

回到学校，我满肚疑惑，忐忑不安。我在这所学校学习、生活了整整六年，一草一木都非常熟悉，有着深厚的感情。老校长也已经担任了快有三个年头的校长了，过去我和老校长的感情很好，他那个办公室，我不知道自由地进出过多少回。可是后来我和老校长的感情发生变化了，我对校长办公室的看法也随之发生改变。这一次再看到校长办公室，好像一切的一切，都显得那么的陌生，又好像周遭有无数怪异的目光在盯着我，我感觉好像有一只无形的手在揪着我的心，我的心有一种无法形容的难受，我的双脚重重的，好像被灌满铅一样。

我深一脚浅一脚，终于走到校长办公室的房门前，在门外停留了好久，犹豫了一阵子后才敲门，硬着头皮跨进门去。老校长表现出来的样子和往常也完全不同，我隐隐约约地感到他也不自在，他的表情更说明了他也是心事重重。见到我后他也并没有招呼我。我取出那份落取通知书，毫无表情地递给老校长，他接过那特别的落取通知书后，握在手上，端详着我，同样毫无表情。

我声音小得像是问自己，喃喃地说道：“为什么是手写的呢？”

老校长没有正面回答我，沉默了好一阵后，把那份落取通知书塞回给我，然后冷冷地说道：“你不老实，隐瞒了你的亲堂兄曾石泉是反革命分子，于 1951 年被枪毙了的事实……”

我大惑不解，曾石泉是于 1951 年被枪毙了的反革命分子，与我有什么关系！难道就因为我有这样的家庭背景，就此毁了我的前途？

对这样的回答，我感到无能为力，只能快步向外走，逃跑似的向校门狂奔而去……

至今我还记忆犹新，那天我从校长办公室出来以后，是哭泣着“逃”出校门的。秋风不断，吹干了我的泪水，我的心更加空了，不知如何是好。我走在回家的路上，老天忽然下起了大雨。已经是深秋了，那突然而来的秋雨，寒意彻骨，冷得我的上下齿碰撞得咯咯作响。回到家已经是深夜了，我看见父亲还在等着我，那受委屈的心情如奔流般肆无忌惮地释放，我突然浑身发软，一点力气也没有了，忽然站不稳，一下子摊倒在地上，号啕大哭。

父亲抱着我，像哄小孩一样，安慰说：“儿子，这么晚才回来，出了什么事让你这么伤心？”

我因为身心寒冷而发抖，而且越发抖动得厉害，上下牙碰击着，咯咯作响。父亲立即把我安置在餐桌边的长板木凳上，并去厨房烧水，还煮了红糖姜汤。

我镇静下来以后，才把那份已经湿透了成为纸团的落取通知书放在餐桌上，然后洗完澡，喝过姜汤，已经是第二天的凌晨了。

父亲知道我不能上大学了，因为儿子的前途黯淡，也因为自己的无能为力，感到很无奈。他不明白，平日里我们家与其他人家的关系并不坏，为什么会有人狠毒地攻击我们呢？他不理解，人世间嫉妒的火苗为什么会燃烧得这般炽烈？！

天亮后，我病倒了。我得了重感冒，高烧到四十一摄氏度，昏迷不醒，足足躺了三天三夜才清醒过来。而我那辛辛苦苦挑煤炭赚的钱，原本是为去北京念大学准备的路费，结果全部用在医病上。

时过境迁，我感悟到，过去的许多苦难，都是阶级斗争时代的烙印。随着年龄增长，浓浓的家国情怀让我能用反常人之思维方式感恩社会，觉得自己虽然因为政治原因没有上大学，却也在耕田务农中学会了勤俭过日子。在那个时代，生命和草一样卑微，但是旺盛顽强，只要把身体锻炼好T,就能像孙猴子，在太上老君的炼丹炉里没有熔化，反而经受了考验，长了本事！那时候，“信而见疑，忠而被谤”，我虽然很苦闷，但学会了如何处世，如何待人接物。离开家乡后，我置生死于度外，收获了患难与共的友谊。后来，有良师益友帮助，遇到了贵人，一路春风化雨，兴旺发达。这一切，都是社会给我的恩赐，也是母校给我的恩赐。对于在阶级斗争中受过的创伤，我也能自我抚慰，释然了。

现在，觉得自己过去那么恨母校是错了，那么恨老校长对自己不公平也是错了。自己一生一世都欠母校教育之真情，是母校让我读书明智，使我懂得坚强，使我明白奋斗目标是什么，也使我终于有所成。这么一想，觉得母校多情、老校长多爱，自己对他的责备、怨恨是多余。爱怨情深，应该好好弥补。

2011 年 7 月 7 日，盛夏的老隆，显得格外亮丽。当我乘车来到松林宾馆大门前，下车即见“金中高中六一届同学会”巨幅文字横跨在进门道路上空。沿坡往上走，松林宾馆一位领导前来迎接，我们并行走进大厅，受到服务员的热情接待。

“少小离家老大回，乡音未改鬓毛衰。同学相见不敢认，请报你的姓名来！”

同学们久别重逢，太高兴了。报到厅里，老同学相会，熟悉的，喜笑颜开，热情招呼，相互问好。久未见面的同学，见面时，都忘记了对方的姓名，握着手，目视对方，说一声“您好”，然后再问：“你叫什么名啊？”回答说：“你猜一猜呀。”有的猜对了，大多数都猜不着。经过几十年的变化，相貌容颜完全不是记忆中的了，只有通过自报姓名，才能与记忆中的年轻时的相貌进行比较，点头哈腰，说记起来了，变化太大了。此时此刻，同学们会表现出一种难于名状的悌、悲、喜交集的表情！特别是那些女同学，她们几十年没有见面，也没有联系，这次见了，高兴得不得了，你捶我，我揺你，又打手，又打屁股。她们的童真又显露出来了。说："你是哪里冒出来的呀！"那场面好像又回到了读书的年代，那么快乐，那么天真。

宾馆的客厅里，走廊上，树荫下，到处都洋溢着久别重逢的欢乐气氛，大家聚在一起，激动的心情难以言表，场面十分感人。同学们拉家常，叙说着那永远不会忘记的读书时候困难的生活环境，过去的刻苦学习就是为了能上大学。现在看，刻苦学习的目标应该得以修正，不只是为了上大学，更是为了走好人生道路。

这一次同学们聚会，我们邀请老校长参加，他来了。大家都很高兴，我也一样。但是，当我跟他见面打招呼的时候，却好不自然。晚饭后，他来到我的住房。我很吃惊，真不知怎样待他是好。

正当我手足无措的时候，老校长擦着双手很不自然地说："当年考大学，对你不公平……请你原谅！"

我被感动了，双眼涌动泪水，好久不能开口。

老校长走向阳台，看着屋外树荫下在打闹的同学们，静静地站了足有五分钟。

我也走向阳台，站在老校长的身后，很激动地苦笑了一下，小声说："那是历史的过错。我早就把它丢到脑后去了。当时想不通，后来明白了其中的道理，不记恨你了！其实，经受了那么一次磨炼，对于我，可能是好处多于坏处呢！"

老校长回转身来，竖起大拇指，夸奖说："你这样，很好！"

我无话应对。

沉默一阵子以后，老校长点着头，很满足地走了。

送走老校长后，我心潮澎湃，想到因为在学校刻苦读书，才会有今天这样的回报，觉得很满足……老校长能够这样对我，说明他是来向我表示祝贺的！我在学校读书用功，成绩很好，他过去曾经给予我好评和认可。现在也一样，对我在事业上能有一些成就，依然给予好评和认可。

老校长走后，我久久不能平静，回忆起人生历程，感慨良多，感悟到一个人的绝大部分能力都来源于读书、学习。开卷有益，书读好了，可以做好人，可以紧跟时代潮流做事业，就能有所成就！

第二日，同学会正式开始前，一位同学悄悄地告知我说："昨天晚上，老校长在跟他们座谈的时候说：1961 年高考的时候那样对你不公平，现在想一想还有愧疚。我们说，好好坏坏，变化无常。如果他考上了大学，就可能没有经济能力支持今天的毕业五十周年的庆祝活动了！"

我有点羞愧地说："十分感谢老校长对我们这么好！"

这一次，参加同学聚会的有六十二位同学，除了已故的三位和一些特殊原因未到的同学外，算是齐了。同学们各自的职业不同，岗位也不同，虽然都已经退休离岗了，家住天南地北，有省外的，有香港的，但是，大家都不辞劳苦，准时赴会，可见真情实意。

应邀出席大会，在主席台上就座的有八十七岁高龄的老校长，还有已经九十六岁的班主任陈道宗老师，以及其他几位八十多岁的任课老师——黄楚真、黄文祥、张文蔚、廖文星、邓声初等。他们很精神，同学们热烈鼓掌欢迎，情真意切，祝福他们健康长寿。现任校长耶明建老师以及其他几位现任校领导人也列席了会议，在主席台上就座。

上午九时会议正式开始，县电视台两位摄影师忙着抓拍每个精彩的瞬间，给大会增添了一份令人兴奋的激情……

大会由老班长耶桂州同学主持，他先请全体起立，为已故的副校长、老师、同学默哀一分钟。其间，整个会场寂静无声，哀思悄悄。

随后邓日增同学致开幕词，作主旨发言。他说，我们是在特殊的困难时代念书的，环境造就了我们同学之间深厚的情感，祝愿我们友谊长存……

邓日增同学的讲话说到大家的心坎上，赢得阵阵掌声。是的，我们是在国家经济最困难的时期读书的，患难之交，更见情深谊重，同学感情更胜一筹！

接着，老、新校长以及同学代表分别发言。他们的讲话倾注了感情色彩，语言动听，言简意赅。场上掌声阵阵，高潮迭起，互相敬重，气氛热烈。

会议中，我们还向母校赠送了一万元用以购买教学仪器设备；给所有到会的老师们和贵宾每人两千元的红包，以感谢他们的教导之恩；给到会的六十三位同学每人一枚金戒指作为永久的留念；给四位经济困难的同

学每人一千元，以示同学的关怀；给没有退休金还在农村居住的同学

每人五百元帮助。县电视台、广播局自始至终进行跟踪录像、新闻报道。会后，我们把会议全过程制作成 DVD 光碟，作为纪念品发给大家留念。

最受大家称道的礼物是每位同学都有的纪念品金戒指。郭桂州同学介绍纪念品上的标志含义说："以离开学校五十周年为主题进行设计。纪念品标志中间横写着'1961'，下面的'J'和'Zh'是'金中'二字拼音缩写。字体采用正写，表示我们读书刻苦、认真、严谨，于 1961 年毕业离开学校。在 J 和 Zh 下角处引出二条柳叶状的彩带，围绕成椭圆形，表示我们走上社会，由渺茫征途走到事业有成。在椭圆上面镶着一个草写的'50'，露出头身一半多一点，表示我们离开学校五十年，跻身于社会又脱颖而出，出人头地，出类拔萃。"

大家说："这样的纪念品意义深长，我们会好好爱惜、收藏。"

7 月 9 日，游霍山和佗城。有几位同学是拄着拐棍同游的，问他们"为什么有那么大决心"，他们说："难得同学在一起，心里特别高兴。上不了山顶，走到半山腰也好……"可见同学间的情谊是多么深厚和真诚！

从老隆到霍山，只有四十五分钟的车程。我们很快到达霍山景区大门口，在那设计精巧、气势雄伟的大门前拍照留念，然后踊跃上山。环山小路台阶由鹅卵石铺成，对老人来说是确实难走。好在路边有栏杆，帮助我们走过重峦叠嶂，峰回路转。看那峭壁裂隙绿树丛生，装点山关，让人享受优美风景。同学们不惧艰苦，游览了酒瓮石、一线天、吊谷上楼、仙女跪膝等景点，直达山顶。

同学们登上最高峰，四周眺望，视野广远，心旷神怡。大家异口同声诵读杜甫的诗词："会当凌绝顶，一览众山小。"

游山达志，览景生情，站在"酒瓮石"前眺望山村日色，美不胜收，想到农耕劳作，粒粒难得，体会酒香甘醇，其乐无穷。过"一线天"的时候，联想到做事业的艰难险阻，过关夺隘，别有洞天，又是一番快乐。爬上"吊谷楼"，放眼旷空，"人到山顶我为峰！"改革开放，给我们带来许多实实在在的好处，我们是农民子弟，祈愿未来一定要更加美好。

下山的时候，忽然听到邓日增同学感动地说道："霍山非常美，集雄、奇、幽、奥四大特色于一体。真是沧海桑田！这霍山是在田地间涌起来的奇山！以'奇'著称。到此一游，果然是名不虚传！"另一个同学却持相反的意见，说："我可不是这样的感觉。可能是我走的地方多了，视野扩大了，现在我感觉到霍山的景点有点一般！既不高，也不奇，真是盛名之下，其实难符。"

我说："山不在高，有仙则名。家乡霍山是竖立在田野上的丹霞地貌，突现沧海桑田自然变迁的神奇，所以吸引人！的确，它只有五百多米高，在名山中算是最矮的矮子！可是景色无限，足够我们享受！可见其幽美，可见其雄奇！"

邓日增同学说："奇也罢，矮也罢。游览风景，都是这样子！不去看，一辈子后悔；去了看了，很辛苦，后悔一辈子！"

下午，乘车游佗城。经过佗城街道的时候，我们看到，佗城街道已经是面貌一新。许多仿古建筑群得以修复，百姓街上，两边有许多翻新装修的姓氏祠堂，罗氏、刘氏、邱氏、曾氏等，各具特色，传承了中国特点的姓氏文化，光彩照人。我们参观了龙川学宫孔子庙、佗王古井（有岭南第一井之称）、科举考场等，复古建筑物里有陈列品，使大家受教育，都赞美起家乡两千多年的灿烂文化。

这一天游霍山、佗城，玩得真痛快。

7 月 10 日，早餐后，大家怀着依依难舍的情怀，两手紧握，相互告别。同学们都是年过古稀之人，能够聚会三天，时间不算短，友情更是源远流长。忆昔日，个个朝气蓬勃，有抱负，有理想；话今朝，时光不饶人，要珍惜，要保重。今后希望同学们都过得舒畅，希望子孙后代重视教育。

这一次同学会，活动内容充实，就餐宴席丰盛，酒醇菜香，其喜洋洋！个个都兴高采烈，心情舒畅。互相祝愿，身体健康，添福添寿！

春风化雨

根据庆祝毕业五十周年同学会的决议，我们积极编辑《春风化雨》一书，推选叶国馨同学担任主编，组织同学们赐稿，做到一人一篇。经过一年的努力，终于成功出版。

春风化雨，是指用春天的风和雨滋养万物成长，来比喻教育能及时给人以知识和帮助，正如学生在校园受到教诲和培养可以成为人才那般。

半个世纪来，风风雨雨，潮起潮落。同学们有过艰难选择，有过痛苦无奈，有过自卑困惑，有过困苦挣扎，有过光明希望，有过坚强搏击，有过康庄大道，有过成功喜悦……同学们为国为家，该担负的责任都努力担负起来了，尽职尽责。有的有骄人业绩，值得自豪；有的是默默无闻，也不气馁，有一份可观的家业。大家都当了父母，颐养天年，家里的朗朗笑声给人满足，给人欣慰。我们可以骄傲，可以自豪，因为我们都对社会有付出、有担当！

《春风化雨》编印出版，正如原龙川县金安中学校长作序所说："……金中高中六一届，时值国家三年困难之时，吃不饱，穿不暖，生活十分艰苦。我们响应党的号召，自力更生，艰苦奋斗，努力克服物质上的困难。经过师生们的共同努力，同学们身体健康，思想上进，品德高尚，吃苦耐劳，学习刻苦认真，成绩不断提高……金安中学六一届高中毕业生，由于坚持正确方向，思想觉悟高，素质品德好，斗志刚强，在艰难困苦中经受到考验。他们中有农民、工人，有中高级职称大中小学教师，有处级、科局级、股级国家干部，有工厂农村基层干部，也有中高级职称工程技术人员。他们之中，有升斗小民，也有千万富翁；或居乡村，或居闹市，各自以自己的方式谋生求发展。兢兢业业，五十多年来，为国家为人民做出了许多贡献，硕果累累，取得了很大的成功，做到家庭事业两丰收。在改革开放的时代大潮流中，同学们更是春风得意马蹄疾，取得新的良好建树。《春风化雨》一书是同学们奋斗历程的回顾，是同学们深情厚谊的回顾，是同学们丰功伟绩的总结。”它是同学们向母校和老师们的成绩汇报。同学们通过自己本身的经历，从不同的角度刻画出一个时代的特征，反映出那个年代的社会概貌。同学们以诚挚的感情、宽阔的胸怀，将他们各自的经历和感受、心得体会和成果，写出来与大家分享。我真诚希望通过这本书能激励师弟师妹们继续为母校争光，为振兴中华拼搏！

《春风化雨》的出版发行，有我们衷心感谢老师们的教导和培养的用意，所以我们在母校举行出版仪式。《春风化雨》还颂扬了同学们相互关爱、支持和对社会的无私奉献。黄居宏同学发言说：“我们 1961 届的同学，在艰难的日子里成长，在艰苦的环境中锻炼、拼搏、奋斗，在学校里受到了良好的教育，在社会上、在各自的工作岗位上，兢兢业业，为国家、为人民做出了贡献。同时，也不忘感恩回报，为社会做了许多好事。某某同学捐助义都红旗小学二十五万元，帮助其改建成希望小学；某某同学捐助家乡二十多万元，用以修建路、桥；某某同学尤为突出，慷慨解囊，捐助家乡修建路、桥、学校、教育基金等，累计已经有三百多万元。这些是我们 1961 届同学的光荣，是我们的骄傲。”

听见同学这样称赞，我在想，我们有今天这样的成绩，是读书上进的结果。想着想着，一个女人的相貌容颜呈现在我的面前。

三年前，我和几个朋友一起去游霍山。停放好车之后，到旁边那栋三层楼旅店吃午餐。走进餐厅，看见一位三十多岁的女人，穿着黑色套装，身段壮重，曲线均匀。她一见我，走向前来，拉着我的手，说我是她的老老板。

我再认真审视，只见她那淡妆描眉的脸蛋、微翘的嘴角、永不消逝的笑容。这样不俗的气质，明白地告诉我，眼前这个靓丽的女人，十分成熟老练，她的脸上焕发出一股成功女性的光彩，令人赞美。可我怎么也想不起来，她叫什么名字。她笑着说：“你不认识我了吧？我曾经在航天科技工业园打工，是小刘。”

我大为震惊，却还是怎么也记不起来关于她的过去。

她一阵惊喜之后，立即把写菜单之类招呼客人的工作交给一个服务员，近乎拥抱一样把我推着到二楼的办公室，迭不停声地说：“曾总，想不到今天会见到你，你是我的恩人！”

她的过分热情，使我周身不自在，我一点儿也想不起来她在工业园的事情。她热情地给我倒茶，并且招呼服务员说，另外准备一台菜，叫她丈夫来吃中午饭。

回乡遇故知，我另有一番特殊的感受，觉得我们之间已经是同一个等级的朋友了，她完全没有了过去那种员工与老板就像老鼠见猫一样的窘态。大大方方的，站在互相平等的平台上，嘘寒问暖之后，家常客套之类的话只说上几句，我们的言谈很快就转到关于事业的万花筒中，逐渐熟络起来。说失败，讲成功，无所不谈。她说已经离开工业园十五年了，她有许多关于人生事业的感悟。她告诉我说：在工业园辞工回到家乡，开过发廊，做过贸易，后来赶上开发霍山旅游区的热潮，办了个小旅馆。想不到，一年下来也可以赚十来万！

她美美地告诉我说：“过去，经常听你讲，做事业，需要迎合时代潮流。好风凭借力，送我上青云！我就是迎合时代潮流借力当成了老板的。那一年，我从航天科技工业园辞工回来，碰上政府加快霍山旅游资源开发的好时机，把我和所有亲戚朋友的积蓄凑起来，再加贷款三十万元，建起了这个小旅店。当时山地才三万多元一亩，我买了这块一亩多的山地，建起来这么一栋楼办旅业。三年多的利润就还清了贷款。现在，这停车场周边的地价已经上涨到三十多万元一亩地，光这一项土地增值，我就赚了三十多万元！这在过去，做梦也不敢想。”

她说：“我一直感激你对我的关照，使我学习到经商的智慧，拥有了创办企业的本领！办企业需要有本钱！但是，钱是白蛇精。说它好，它真讨人爱；说它坏，也真让人恨。有时候，不知怎么样它来了，也不知怎么样它又去了！”

她说着，从办公桌抽屉里拿出来一本书——《企业成功的轨迹》，说：“这本书是你写的，是你的人生经验之谈。我反复学习，深刻体会到读书对成就事业是多么重要。适应环境，创造条件，企业依靠智慧生存、发展。”

她继续讲述她的故事，她说：“经营小饭店，也是一样事业，也需要文化氛围。要让员工有利益关联，有奋斗不息的精神支柱。我在工业园学到了企业文化的效能，学到如何与员工建立情感。有些话，只能说，不能做；有些事，只能做，不能说。你说是不是？”

我在心里嘀咕：“可能是你学歪了！应该言行一致，表里如一！”

她又继续说：“我办公室里，墙壁上的这两条标语，也是从工业园学回来的。”

随着她的话音，我抬头看着挂在办公室左右两边的标语。左边是：“企业精神：团结友爱，互助支持，企业是我家，建设靠大家。”右边是：“营销口号：服务顾客，心到力到，同心做市场，利润共分享。”

她继续说下去：“这样的标语告诉员工，切身利益与经营成果息息相关，实现了利润，大家有份。给大家一个美好的愿景，共同创造财富，分享财富！这些方法，都是从《企业成功的轨迹》中学来的！经商也要认真读书，才能明智！才能人性化管理员工，取得好成绩。”

我附和说：“平等产生情感，不公正产生情绪。人生在世，无论是经营事业还是管理员工，都有人情世故、情商智慧。在工作中，与人平等，产生感情，可以共同推进事业。当产生不公平情绪的时候，要努力控制，不让它发酵；寻找办法防止发展成怨恨、仇恨；大事化小，小事化了，促成事业有成。”

正在这时候，小刘的丈夫进来了，我停止了讲话。接着，服务员也把饭菜送来了，我们一起在她办公室里吃午餐。

午饭之后，她拿出来两千元，说是要兑现诺言，加倍归还她离开工业园时我给她赞助的一千元。到这时候我才想起来，原来她是工业园办公室的文员，我当总经理不久她就辞职了。离开的时候，有八百多元的医药费，副总经理不给她报销，她不服气，找到我。我给了她一千元，叫她不要闹。我当时的行为，只是为了息事宁人。想不到她记住了，还特意要报答我！

我推开她拿钱的手，怎么也不肯收她的钱。她很认真地说：“曾总，在当时，你给我一千元，我是非常感激的。我曾经说过，赚了钱要加倍偿还你。现在，我算是赚钱了！这两千元，对你对我都一样，有它不多，无它不少。给你，只是表示对你老人家的一种敬重！如果你不收下，就是不给我面子！”

她说得诚恳，我只好勉强收下。她又找来一个箱子，在旅游商品货柜中挑选了特别好的龙川家乡特产，装满了一箱，送给我。

告别他们夫妻俩之后，我与朋友们一起兴致勃勃地遍游霍山景点。行走在登山道上，我呼呼喘气，回味着与小刘的谈话，思考着人生的变化：当她还是丑小鸭的时候，人家欺负她，她不理会，只寻求做事业的成功之道，努力生存长大；当她变成白天鹅以后，她展翅高飞，用情感、情绪、友爱促进事业发展，还想到感恩！这里边闪烁着生存智慧，体现着现实生活中的美德、谦让、舍得、情义！这样的人因读书而明智，真有所作为！

是的，只有受到良好教育，“承老夫子的春风化雨，遂令小子成名！”

源头活水

1981年，广东省政府招考农业技术干部，指定四门基础科考试：农学、育种、植保、土肥。面对四本厚厚的书，真叫人生畏。为了应对考试，当时的惠阳地区农业局组织全区六十多个考生在惠阳农业技术学校脱产学习两个月。对于我来说，这是改变命运的关键一考。我斜足了劲儿，夜以继日，刻苦背书。结束的时候，模拟考试，结果我四科考试几乎是满分。考试前，四位授课老师，即农学的陈忠武、育种的董仁凯、植保的殴佛成、土肥的韩景慈都夸奖我：你一定可以考出优异成绩！也可能是我用功太过了，临考前一天竟然感冒发烧了，我只好打针吃药，坚持考试两天，考完后，真的病倒了。好在还是达到了目标，考试成绩出来了，我四科的平均分是95.1，再经过严格的政审，终于成为国家干部。如今回想起来我还是心有余厚。

后来，我又参加了惠阳师专（今为惠州学院）的经济管理专业学习班，半脱产学习了两年，取得大专文凭。当我由惠州乡镇企业管理局业务科长，被提拔为惠州乡镇企业管理局副局长的时候，正是这个文凭起了关键性作用，也正是因为接受了经济管理专业知识教育，使我有一定的企业管理理论基础，能够编写有质量的关于企业经营管理的著作《企业成功的轨迹》。该书出版后又于1993年在《惠州日报》连载发表，被住在惠州宾馆的航天工业部刘部长看见了，他阅读后，觉得很好，我们也因此结缘。他通过惠州市政府找我去谈话，问我肯不肯到香港航天科技国际集团有限公司去工作，让我担任香港航天科技国际集团有限公司物业部副总经理兼任香港航天科技国际集团惠州工业园总经理，我答应了。与刘部长的这次见面使我走出国门，成为具有国际视野的企业经营管理者。同时，按香港企业高管员工的福利待遇，我拿到很高的工资，有关领导还为我设计了香港、内地两边拿工资的办法，让我经济上获得巨大支持的同时又规避了拿双重工资的政治风险。我真感谢惠阳师专给了我无穷的精神财富，又让我获得丰厚的物质财富！我感悟到，学习提高，对一个人事业有成是多么重要。

惠州学院于2011年举行六十五周年校庆活动、2016年举行七十周年校庆活动时，我作为校友代表被邀请参加，感到很荣幸。其间，深刻感受到学校教育的重要作用。

两次校庆各有重点。2011年校庆突出校训——“阖苑储英，人竞向学”。“阖苑储英”出自清代梁鼎芬为丰湖书院所撰写的楹联：“水湄山晖，平湖聚秀；春华秋实，阆苑储英。”“人竞向学”出自清代惠州知府程含章的《增广丰湖书院膏火碑记》：“进所属俊髦士延师而教之，为之正其趋向，发其志气，增其书舍，厚其膏火，严其课考，亲为书童讲解文字，于是从者云集，人竞向学矣。”惠州学院长期在丰湖书院旧址办学，传承了丰湖书院的文化底蕴。校训意为学校以优越的环境聚集和培养优秀人才，学子以好学笃行的精神开展学习创造。

2016年校庆突出惠州学院大学精神——“敦重明辨，求真致用”。所谓“敦重”即敦厚庄重。惠州学院于1921年发源于粤秀书院，1946年发展于丰湖书院。清代，惠州知府伊秉绶以“国家尊崇正学”大规模修建丰湖书院。在院内大堂壁上题隶书“敦重”二字，并款识如下：“人需厚重也，重则威仪整，学问固。所以语云：‘君子不重则不威，学则不固。’是之谓乎。余故于厅内题‘敦重’二字以铭之。”如今，“敦重”二字已成为丰湖书院的典型代表，体现了学校办学历史的文脉传承、精神气质及书院特色。所谓“明辨”语出《礼记 · 中庸》：“博学之，审问之，慎思之，明辨之，笃行之。有弗学，学之弗能，弗措也；有弗问，问之弗知，弗措也；有弗思，思之弗得，弗措也；有弗辨，辨之弗明，弗措也；有弗行，行之弗笃，弗措也。人一能之，己百之，人十能之，己千之。果能此道矣，虽愚必明，虽柔必强。”强调为学要广博、勤勉、起疑、慎思、辨析与践行，取明辨以概括之。因为要明辨，须立足于博学、审问、慎思之功力。所谓“求真”语出《庄子 · 渔父》：“真者，精诚之至也，不精不诚，不能动人。故强哭者，虽悲不哀；强怒者，虽严不威；强亲者，虽笑不和。”含求真求是，信实不欺之义，这是教育的根本。所谓“致用”语出《易 · 系辞上》：“备物致用，立成器以为天下利，莫大乎圣人。”强调知行合一，学用互摄。实践出真知，弘道向学，皈依在此。概括起来，“敦重明辨，求真致用”意在弘扬丰湖书院传统，光大“储英向学”校训，强调为人与为学相统一，人文与科学相融汇，知与行相印证。提倡惠州学院人应该有的精神，即庄重朴实、慎思明辨、求真求是、学以致用。

应该说，两次校庆都很成功。使人认识到，学校育人，是给人文化财富。文化是国家民族的灵魂，它会成就精神财富和物质财富，造福社会。

教育，文化财富的成本投资。当代著名学者余秋雨先生说，儒学就是中国的教育学。儒学的创始人孔子和后来的礼学大儒朱熹都是典型代表。他们非常重视教育，他们一辈子都做教师学者。他们重视教育，视读书为人生财富的源头活水。朱熹吟诗道：“半亩方塘一鉴开，天光云影共徘徊。问渠那得清如许，为有源头活水来。”

2006 年，我特意去被誉为“中国最美乡村”的朱熹故里江西婺源紫阳镇，观赏、体验它的文化内涵。

紫阳是朱熹的祖籍地。据说，朱熹在福建出生的时候，紫阳镇的老宅古井吐气如虹，紫气贯天，数日不绝，该井被后人称为虹井。因为朱熹别号紫阳，人们把他的祖籍地改称紫阳。

朱熹十八岁时参加乡贡考中进士，三年后任泉州同安县主簿。求学于著名道学家李侗，继承和发展了程颖、程颐理学，创立客观唯心主义的理学体系，世称程朱理学。朱熹认为“理”是天地万物的主宰，是世界的本原；只有去发现和遵循天理才是真善美。然而人欲会破坏这种真善美，于是他提出“存天理，灭人欲”，要求人们放弃“私欲”，服从“天理”。他平生志在树立理学，其学术成果不仅在南宋以前的中国历史上没有，就是在此以前的世界历史上也是罕见的。他被誉为中世纪最大的学者，西方研究者把他比肩于希腊的著名思想家亚里士多德。

朱熹曾经入朝担任侍讲官，他想凭借这块阵地，向皇帝灌输自己的“帝王之学”。滔滔不绝，四十余天连讲七次。宋宁宗装作从善如流的样子，耐着性子听。朱熹高兴地认为“天下有望”。但是，皇帝接受批评是有限度的，当朱熹触动他的统治根基的时候，皇帝再也不客气了，一纸内批文书，把朱熹逐出经筵国门。朱熹被斥为“伪师”，其理学被斥为“伪学”，加以严禁，他的许多学生遭拘禁流放。

朱熹一生悲哀多于欢乐。他幼年失父，中年丧偶，幼女夭折，胞妹早逝，晚年去子，生活贫困到经常要靠借贷过日子。陈善诗云：“闻说平生辅汉卿，武夷山下啜残羹。”但是，由于他重视教育，学生朋友遍布全国，士子儒生、骚人墨客、羽士释子、三教九流、巫医百工之中都有他的朋友。朱熹病死下葬的时候，他的学生不顾朝廷禁令，从四面八方赶来，官府怕学生议论生事，还特令加强戒备。不能来的也在各地聚会纪念：“讣告所至，从游之士与夫闻风慕义者，莫不相与为位为聚哭焉。禁锢虽严，有所不避也。”年迈的陆游写下悲痛的祭文：“某有捐百身起九原之心，有倾长河注东海之泪，路修齿髦，神往形留。公殁不亡，尚其来享。”辛弃疾则亲往吊唁，哭之曰：“所不朽者，垂百世名。孰谓生死，凛凛犹生。”

死后的朱熹如孔子一样，被封建王朝追赠为太师，谥号文公，并封其为信国公（后改徽国公）、“宋代圣人”，从祀孔庙。朱熹家祖坟山被称为文公山。山上建积庆亭并立石碑，圣旨“枯枝败叶不得挪动”，官府派兵看守，保护坟茔树木。现在，还保留有朱熹回家扫墓时手植的古杉，历经八百多年仍生气盎然。在紫阳镇东门桥下有朱熹亲书墨宝“廉泉”二字。泉水清澈见底，长年不涸。

朱熹故里原属安徽管辖，民居完全是徽派建筑。大街牌楼书写着“徽商”的字号。在这里行走，就像跨在时代的门槛上，既有古老的街市，又有现代的商厦。现代化气息溢满古色古香的城镇，使人觉得，生活的节奏好像是从缓滩闯入了激流。忽然，一个书店引起了我们的注意。这书店虽然不大，里面却有好多顾客，顾客好像被磁铁吸引一样，站满了小小的书店，我们也被书店吸引去了。

在书店里，我发现有关经营管理及发财之道的书架前，站着的青年人最多，他们都喜欢看与金钱有关的书籍。那些书教人快速发财，有许多一夜致富的诀窍，林林总总，排列着许多大亨、财阀的传奇。那封面题目都以最热切和最赤裸的语言呼唤着人们对金钱的饥渴，那语气，仿佛要把人蛊惑得血脉贲张，使人感受到人们追逐财富的生命张力是多么强盛。

有了这些即兴的感慨，我对朋友说：“富裕是一件好事！我相信年轻人聚敛金钱的能力将会远远超过我们。不过，金钱的含义太复杂了。世上有多少学者和读者，就会有多少关于金钱的定义和谚语。金钱、财富，可能是天使，也可能是魔鬼；有可能是快乐的源泉，也有可能是灾难的根源。财富如水，只有物化成遗产，才最为可贵，如朱熹故里的文化遗迹这般。”

在朱熹故里，我看到了这些由文化教育沉淀成的极具文化特色的古老建筑群，了解到这里的先辈掌握文化知识后足迹曾经遍及大半个中国。他们包裹着儒教的外衣图利，获取的巨额财富沉淀成一个个建筑物、一座座牌坊和祠堂，供后人欣赏和反思！他们追逐财富荣华，业绩彪炳。不是亲临其境，亲眼所见，怎么也不会相信，这些富商巨贾、官宦儒士、文化巨匠，却是植根于这穷乡僻壤之中！伟大的业绩和重视的耕读文化底蕴最终又沉淀成这么一种厚重的文化遗产！这促使我思考，文化财富和物质财富相互作用的威力，以及它们是怎么样与传统文化关联的。在这么一个真实的地方，对程朱理学宗旨的发扬令人困惑也让人赞叹！正是在程朱理学的发祥地，传统儒教文化遗传基因的链条上发生了突然变异，以至“儒学”与“图利”这两个千古难容的词义、因素，可以相处得那么的和谐、亲密！交替转换就如行云流水一般顺畅！受统治者歧视的商人成了“儒商”！程朱理学因对人性的压抑，被鲁迅先生称为“吃人的礼教”，曾经发出了使人为之毛发一悚的呼喊：“存天理，灭人欲。”却也真是令人滑稽、惊讶！正是在同一地点，朱熹故里却又诞生出一批批“存人欲”的商人、官僚，他们走过了庄严的文公堂、肃穆的宗祠、巍峨的牌坊，踏过崎岖的山路，走向物欲横流的世界，追逐银钱。这是一幅多么不协调的画面！以前，我曾经多次思索过“生意”的真实含义，在这里好像有所破解。朱熹故里的后人说：生意就是具有生命本义的事业！做生意的可以是文人学者，可以是官人仕宦，还可以是工商业者……处于万山峻岭溪流树丛之中的紫阳，山多人稠，使人们对“商”与“业”的意义有了最为直观和朴素的诠释。《朱子语类》中这么描述：“问：饮食之间，孰为天理，孰为人欲？曰：饮食者，天理也，要求美味，人欲也。”紫阳人有一个共识，传教子孙：“士商异术而同志”“以官商为第一生业”“良贾何负闳儒”。不论做官，或经商，或做教师，都降到了实用主义的同一个层面。

只有赚钱，拥有财富，才是高居于三者之上的“功利”价值！婺源紫阳的古建筑和文化遗迹告诉人们，那些富商、官僚和文人的生存，都是在为“生意”而奋斗！

如今，紫阳古镇是远近闻名的旅游胜地。来这里的游客，走近古镇，就走近了朱熹，走近文化，走近历史，感受到文化传承对世俗习惯的伟大意义。

我在思考：文化是做事业的源头活水，是读书明智，倚靠文化财富，才有物质财富积淀的心灵慰藉。我的经历和婺源紫阳朱熹文化遗迹的存在证明着屡见不鲜的历史逻辑：只有由非教条的工匠精神创造的物质富有和文化富有相结合的世俗社会，才能造就社会全方位的繁荣！这就是文化“源头活水”的威力！

第二辑

成竹在胸

小时候，父亲经常给我讲《三国演义》里的故事。强调不管做什么事业都要心中有数，不要盲目；要学会借力做事，认认真真去做。其中关于“隆中对”和“草船借箭”的故事父亲讲得最多。他讲“隆中对”时曾说，诸葛亮告诉刘备，要去借荆州之地立足，去四川巴蜀建国，安居乐业；他讲“草船借箭”，强调在自己实力不够的时候，要想办法借别人的力量帮助自己实现目标。

记忆深刻的是，有一次，父亲给我讲过“草船借箭”的故事以后，说要洗澡，叫我想办法给他拎一桶水。遗憾的是我把水装到桶里以后，拎不动。他叫我想办法。我想了很多办法，始终没有成功。

我无可奈何地对父亲说：“对不起，爸爸，我已经想过了所有的办法，还是不能把这桶水拎过去给你洗澡。”

父亲笑了笑，说：“你真的想了所有的办法了吗？”

我坚定地回答：“是的。我想过了所有的办法。”

父亲瞪着我，很认真地说：“再想一想？”

我摇摇头，表示的确没有办法。

父亲很严肃地说：“你这傻瓜，不动脑子！我问你，你为什么不向我求助呢？向我求助难道就不是办法？！”

我恍然大悟！父亲说得很对，向别人求助也是办法之一。“隆中对”和“草船借箭”故事强调的借力帮助自己实现目标的谋事成事的办法，内涵深沉、厚重。

“隆中对”和“草船借箭”这两个故事，给我留下了永不磨灭的记忆，对我的人生事业产生了深刻影响。当我要做某个事业的时候，我会给事业目标定位，会设想实现目标结果的过程；当实力不够的时候，就会想是不是可以向谁求助借力把事业做好。可以这样说，我的所有事业，都是以安居乐业为理念，在确定目标后分析各方面的利弊用借力的思维方式，不断地推进从而获得成功的。

1980 年，我在惠州城区农业局从事农业技术推广工作的时候，没有房子住。那时候，单位实行福利性分房。住房紧张，单位里很多人没有宿舍住，大家都渴望能够向上级领导申请拨款建造宿舍楼，解决住房问题。一个偶然的机会让我得知省农业厅有意拨款五万元给我们建造五百平方米的种子仓库。我立即提议借着筹建种子仓库的机会一同筹建农业局干部宿舍楼。这在当时，好像是白日做梦。建一栋约八百平方米的四层宿舍楼，按当时建筑造价估算要七万多元。而农业局是事业单位，可动用的资金只有三千多元。大家都说不可行。

我说可以用借力的办法解决。我分析，如果上级同意帮助我们在修建仓库的同时建筑员工宿舍楼，则可以多争取一点拨款数额；在计划划拨牌价建筑材料指标的基础上，也可以比计划多争取一点划拨牌价钢材、水泥、木材，把这些牌价建筑材料拿去变卖，可以套现一笔现金……这样一分析，大家都认为这的确是一次机会。于是决定叫我负责，两件事并作一件事做，积极争取省农业厅支持建设宿舍楼。结果如愿以偿。经过到省农业厅反复报告争取，终于得到批准，成倍增加了投资拨款和建筑材料计划外划拨指标。真是跑步（部）前（钱）进，一年内建成了种子仓库和宿舍楼。惠州城区农业局八个干部员工住进了新房子。我也因此获得一个三室一厅的单元住房，那种喜悦真是难于言表。

1984 年，我上调当时的惠阳地区社队企业管理处（后改名为惠州市乡镇企业管理局）工作，主管经营管理。继续用借力办事的方法，取得了突出的经济效益。那是一个全民经商的年代，惠州有大亚湾这一天然优良港口，又毗邻港澳，在这里经商走私是家常便饭，不少人参与。倒卖尼龙布、旧洋服、小家电、收录机、电视机、录影机、面包车、小轿车、柴油、汽油，不一而足。

那是一个赚钱很容易的年月，只要胆子大，敢折腾，勤倒卖，三下五除二，很快就荷包鼓鼓，令人眼红。

我算是“敢”字当头的“官倒”。组织公司，经商办企业，倒卖收录机、电视机，倒卖面包车，再后来，倒卖本地加工安装的“洋产品”TCL电话机……乡镇企业管理局机关，日见兴旺发达，成为市政府机构中最富有的机关单位。

1988年，我受领导委派组建了惠州市乡镇企业房地产开发公司。公司只有三个人，借钱注册开银行账户，被人称呼为“皮包公司”；被同行业者讥讽我“指土为楼”，扰乱房地产开发市场……我虽然有点难堪，却也心境坦然，满怀自信，自喻“皮包公司”一样可以办实事；“指土为楼”就是“点石成金“，就是“草船借箭“。我就是要巧借方法，搞好房地产开发经营业务。

那时候，还是经济建设的低潮时期，惠州市麦地路改造指挥部为解决拓宽道路的资金困难，以每平方米三百五十元的价格向企业转让路边的建设用地。其他房地产开发企业都嫌定价太高而不问津。我们乡镇房地产公司就利用这个机遇，只花费向银行借来的少量资金缴交定金就把惠州到汕头公路边双湖塘一片以及下埔路段的大部分路边建设用地拿到手，并且很快以委托代建的方式与多个企业合作，筹集到大笔资金，建成一大批商品房：双珠楼、明珠楼、龙珠楼、珍珠苑……就是这样，把惠州市麦地路改造指挥部的三万多平方米建设用地变成了我们企业的商品房，销售获利，使企业飞跃发展。

1990年年终盘点，结算起来，积累利润金额竟然有一千多万元。我觉得，企业要为安居乐业而继续奋斗就要把利润资金物化为实业，便提议用利润资金建一栋一梯两户九层住宅楼，解决干部、员工的住房问题。再用“海燕”命名，建设一栋十九层商业大楼，做酒店使用。这样的方案，得到了大多数人的拥护，于是积极推进。

设计方案出来以后，有很多人上门来，要承包工程，我难以应对，都一口谢绝。矛盾就这样挑起来了，引来一场斗争……反对的人说建大厦、建住宅楼象征抛弃革命传统，是走资本主义道路。这样的大帽子抛出来，人见人怕，使我倍感压力。好在市委领导邓书记出面支持，使这些工作能够顺利推进。建设搞起来了，红红火火。很快，一栋九层的宿舍楼顺利竣工验收，一栋十九层高的海燕商务大厦也拔地而起，引来全城瞩目。

宿舍楼建成后，分房子也是难办事。大家都知道，这是福利性分房，“过了这个村就没有这个店”，大家都争。我们成立了分房领导小组，讨论分房办法，决定把企业管理局干部住的老房子和新建的住宅楼合起来共二十八个住宅单元统一分配。按照干部、员工的职务以及参队服务时间计算打分的办法进行单元分配，然后根据得分多少排名，对应宿舍楼朝向及楼层住宅单元评分，落实房主。这样的分房方案公布之后，大家都很支持，引来一片赞扬声。

我也分到四室二厅的大住宅单元，当时搬出老房子，搬进新房子，我很高兴。

住进了新房子，感觉新房子窗外的阳光特别明亮。冬天了，落叶乔木树枝光秃秃地伸向天空，微风透过窗户吹进来，令人轻松愉快。眼前的一切是真实存在的，又好像是虚幻的。春天还没有到来，尚有冬天的寒意，房子里却是热气腾腾，更使人感觉到今后的竞争，会热火朝天，我要为更上一层楼而努力奋斗。

从此以后，每一次开发新楼盘：江南新村、河南新村、华都新村……我都会按一定的比例划出一定数量的住宅单元作为员工的福利房，解决员工家庭的住房问题。累计有七十多个住宅单元，解决了我们企业系统所有员工的安居乐业问题。大家高兴，社会赞美。

2003 年，我退休以后再次创业，经营民企，继续开发经营房地产，同样用借力的办法打空手道；用安居工程的思路经营业务获得成功。在房地产项目经营过程中，一方面为企业留有经营性的长期收益的商业用房，另一方面也拿出了五十多个住宅单元作为福利房分配给员工，按建筑成本价计算房款。同时允许员工自主销售拿差价，提高福利收益。这样做，企业和员工都在经营业务中获得较好的经济回报，实现共同安居乐业的目标。

有人问我：为什么这样让利给员工？

我说：这是我的本分。我的经营成果是借各方面的力量获得的，也必须把经营成果跟大家分享。员工是所有合成力量中最直接的力量，应该直接分享经营成果。只有这样子，企业员工才有长期积极参与的热情。

我觉得，这样做也是在传承家风。曾子文化教导我们要学习做好人、办好事，贫要独善其身，富要兼济天下。我的家教是：孝道、仁爱，努力让自己长成一棵大树与亲戚朋友分享，为员工、百姓庇荫！

2012 年，“海燕 · 绿岛商城”开发经营项目竣工验收，一楼市场“麦德龙“国际品牌超市商场也顺利开业。在庆祝经营成果的时候，我感到好像进入了一个崭新的世界，又好像是飘浮在虚幻之中，一切都与我的设想相同又不相同，很多看似不可能的事都在变得可能。而有一些原本以为可能的事却又变成了不能。为什么会是这样子呢？我不明白。我还是“红顶商人”的时候曾经告诫自己：别钻进“无商不奸”的笼子里，一定要与商人的奸诈区分开，做到清白、忠诚。现在来看，商业行为只要守住了诚信的关口，就不会有欺诈的行为，所谓无商不奸，其实是一种误解，或者可以说是穷秀才们一种有意的嘲弄，一种阿 Q 精神。商贸对社会有好处，对物质文明有重要贡献。我在自问：不知是什么时候开始，虚假和真实换了位置？真真假假混沌一片，让人难以分清，也没有几个人想真心实意地去分清是非黑白，这就是中国的历史。从秦汉开始，先秦的治国方略是限制工商业者发展做大，并且出台了很多抑商法规。在秦汉时期，限制工商业者发展只是说说而已，行为上是依靠工商业者，创造财富。后来，真正实行重农抑商的政策，阻滞了社会物质文明进步，这就是史实。改革开放，正本清源，发展市场经济，推动社会文明进步，这是邓小平的丰功伟绩。我经商办企业，走安居乐业的路线，稳稳当当，不断前进。

面对业绩，我很开心，也想到今后的出路。我觉得，过去是一个暴富的年代，很多人凭着大胆，经商、赚钱、发财。其中的大部分人却守不住，得而复失，又回归为普普通通的平民百姓；另有一部分人守住了，继续当老板，改革创新，不断发展。我是把经营项目当成事业做，获得政策红利和土地红利，才有今天这样的好归宿。我分析，政策红利和土地红利，就是国民经济发展政策造成了供需矛盾变化的结果。任何商品价格都是由市场变化的价值规律所决定的，商品价格是买卖双方实际需求的货币表现，由两个因素决定：一方面是由市场的价值规律所决定，另一方面由环境条件买卖双方的实际需求所决定。任何一种价格供需双方的利益都是对立的，供方或需方都不能单独决定价格，达成交易是买卖双方能够找到同意价格均衡点的果实。这里有一个基本道理：一切交易之所以能够成交，是因为双方对同一物品在某一特定条件下的估价不同，供给方对该物品的估价低，需求方对物品的估价高，达成协议，交易结束。在众多买方和卖方的竞争之下，谁也无法垄断价格，最后只能是供应总量和需求总量比较，供不应求时价格上升，供过于求时价格下降。国家的政治与经济总是紧密联系的，建设用地是一种特殊商品，会随时间变化而变化，会随房价变化而变化。从城市化的必然结果来看，建设用地是增值的，随时间推动而上升。但是，时过境迁，往后，如何获得政策红利和土地红利呢？过去的办法可能行不通了！为了回避盛极必衰的规律，为了安居乐业，我必须思考退路了。

有这样的经营结果，是“成竹在胸”的结果。“成竹在胸”的典故是说画竹前竹子的完美形象已经在胸中，比喻处理事情之前已有完整的谋划打算。宋代苏轼《文与可画赏筼谷偃竹记》有言：“故画竹必先得成竹于胸中，执笔熟视，乃见其所欲画者，急起从之，振笔直遂，以追其所见，如兔起鹘落，少纵则逝矣。“比喻处理事情之前心里早有通盘的考虑和打算。还有一层意念，就是“胸有丘壑”，也必须顾及。成语“胸有丘壑”，出自唐代厉霆《大有诗堂》：“胸中元自有丘壑，盏里何妨对圣贤。”指绘画、作文时，心中已把握到了深远的意境，对事物的判断处置要有高下。叶圣陶在《拙政诸园寄深眷苏州园林》一文中说，苏州园林的设计师和工匠师们，胸中对于山水风景的构思布局，或者是重峦叠嶂，或者是几座小山配合着竹子花木，全在于他们生平对山水丘壑的了解，在心目中对园林景致已经把握到了深远的意境，比喻对事物的判断处置自有高下。做事业，到适当的时候，要知进智退！

是时代的使然，让我顺风顺水，不经意间成就了一番事业。感慨之余，更坚定了我要有“成竹在胸”的意境去创业，还要有“胸有丘壑”的理念去思考事业发展前途的决心。

我心潮澎湃，重新思考了今后应该如何按“安居乐业”的思路，一步一步往下走。

适时生意

2013 年春节后的一天，香港航天科技国际集团原 ×× 副总裁来惠州，说是陪同 ×× 集团周副总裁来惠州香港航天科技工业园，向志源公司赠送航空母舰“瓦良格”号模型纪念品，叫我去参加。我愉快地前往。到了航天科技惠州工业园，见到了他们。受到香港航天科技国际集团志源公司现任总经理林总经理、李副总经理、郭副总经理等人，以及香港航天科技国际集团惠州工业园公司现任总经理高总经理等人的热情招待。

我们在香港航天科技国际集团志源公司林总经理和李副总经理等人的陪同下，参观了工业园区，欣赏了厂容厂貌以及厂区间的大面积绿化。面对一流的现代化工业园区，×× 集团周副总裁竖起大拇指赞不绝口，说：“二十年前你们能有这样的眼光，建设这样一个功能区域极具创意的工业园，生产区、仓储区、生活区用绿化设置分隔，园区内道路这样宽阔，大面积的绿化景观有这样的规模，休息区有斜径走道供员工休闲，还有篮球场，真好，真了不起。我们考察过国内外很多厂区，很少见到这样好的现代化的工业园区。你们有远见卓识。“

香港航天科技国际集团原 ×× 副总裁说：“老曾是一个有眼光的企业家。他在香港航天科技国际集团干得好，退休后干自己的企业也赚了大钱！据说企业积累的净资产已经有过亿人民币，真难得！”

工业园公司现任总经理说：“与曾总同事的时候，我是财务经理。曾总的确不错！管理企业有一套，管财务也依规依法，搞得好。曾总离职的时候，国资委委托财政部审计署对工业园投资进行了审计，历时两个月，最后的结论是：惠州香港航天科技工业园的财务状况很好。当审计结果报告出来，叫我和曾总认可签字的时候，审计负责人竖着大拇指夸奖说：你们管理企业财务有规章，会计记账合规范，投资回报结果清晰。香港航天科技集团在另外两个城市的大量投资，企业财务管理状况不理想，主要是他们的财务报表不能显示投资效果。你们惠州工业园账目清楚，很难得。我们听到北京来的财务高官这样夸赞，心里乐滋滋的！”

听见他们的评议，我心潮澎湃，感到无比的满足，说：“我是适逢其时，运气好，机遇好！到香港航天科技集团工作，是你们当领导的给了我机遇，使我能够干出一份成绩。退休后搞私营企业，是当时的政策好，允许我们这样身份的人退休做企业，又碰上了惠州城市化加速发展的机遇，使我不经意间赚了钱！净资产过亿人民币是夸大了，两三千万可能是有的！”

说完以上的话后，我想起了在我选择到香港航天科技集团工作之前曾有过的思想斗争过程。当时，我庆幸自己改革开放以来就像邓小平同志所说的那样“抓住时机，发展自己，关键是发展经济”。我离开城区农业局到市企业管理局以后，主管经济，负责经营管理，效益很好。我也因此春风得意，从科员到副科长，到科长，到副局长，真算是坐上了直升机。后来又说要脱裤（副）提拔担任正局长，组织上有领导曾经找我谈话。正好在这个时候香港航天集团的领导又对我说：希望我能够到航天集团去协助建设惠州工业园。我走在人生前途的岔道口上，思想斗争激烈。

那时候，如果我选择当局长，会清闲一些，轻松一点，但也是站到了火山口的位置！如果跑商场，应该是合潮流。邓小平视察南方并发表讲话，“姓资姓社”争论结束，创业致富鼓舞人心。政策导向是要让一部分人先富起来，我应该算是机关干部中先富起来的带头人。在财富的金字塔上，也已经显现出来光环，也已经有高处不胜寒的风险。走官场与跑商场，做人的道理是相通的，做事的目标却完全不一样。官场讲为政之道，商场讲商业利益。商场角逐，不确定因素很多，风险很大，如临深渊，如履薄冰，但更具竞争性。人生能有几回搏？为了搏一搏，我选择了来工业园工作。现在看来是把握了机遇，才有今天的结果。

我灵机一动，又想起了刚来工业园工作的时候遭遇奇女子程凤花（花名）一伙人企图撞车讹钱的故事。

航天科技惠州工业园这一带的农村，我非常熟悉。我当知青的时候，曾到红旗村接受贫下中农再教育。在公路的西边，顺着山边小路，进去七八里路程，就是红旗村了。以前，不计从惠州市区到航天科技惠州工业园所需花费的时间，仅算从航天科技惠州工业园走路进入红旗村的时间，就足足需走两小时。在那个农耕劳作的年代，我们这些知青还常常与贫下中农一起，推着装粪双轮车，经过航天科技惠州工业园，往返于惠州市区和红旗村，积肥担尿。那时候，连接红旗村与惠州市区的公路，曲曲折折，人稀坡陡，如果晚上一个人骑自行车是不敢走这条路的。如今，穿山公路已经截弯取直，上下陡坡也几乎不复存在。公路上是车水马龙，两边都有数不胜数的工厂，但却经常发生交通事故，不知有多少从内地来打工的农民成为轮下冤魂。虽然有不少人牺牲在这片土地上，却换来了国家级电子产品基地的美誉，也实在令人引为骄傲。回想着这里的变化，心里有无限的感慨。

记得有一天，我在工业园建设用地前面的大道上徐徐驾驶着轿车。我脑海中有一幅骄人的现代化工业园区的壮丽画卷，想着工业园的建设方案，心里说："既然刘部长支持我，我就要用血汗去浇灌她，使她出类拔萃，一定要做到二十年不落后！使她超越惠州地区一般工业园建设的水平线！"

轿车在徐徐前行。忽然，从对面斜道中冲出一个骑自行车的人，对准轿车冲过来，我急速地踩死了车刹。"咔嚓……"轿车停住了，那个女青年的自行车碰在车头上。我看见，她是有意倒在地上。

我走下轿车，见那个姑娘躺在地上呻吟。她嘴唇左下角的美人痣很显眼，那对水灵灵的大眼睛闪烁着奇怪的光束，只瞄我一眼，立即逃避，投向路边行人。我在猜想，她是故意的……看得出来，她的呻吟是装出来的。

有一班人围上来了，其中一个凶神恶煞地问："你撞人了，怎么办？"还不等我开口，立即有个穿黑色夹克衫的青壮年横到面前，用本地话大声地呵斥那个人，吼道："你说怎么办？你们是有意这样子诈人的！"

那个凶狠的人见有本地人出来喊话，一下子软下来了。

穿黑色夹克衫的人拉起那个躺在地上佯装呻吟的姑娘，看她没有什么伤，不屑一顾。我稍作犹豫之后掏出钱包，送给那个姑娘五百元人民币，又回头向那位好心人道谢。

那个穿黑色夹克衫的人睁大眼睛，拉着我的手，说："曾同志，我是

红旗村的，你在红旗村的时候，我爸就是村支书！那时候我才十多岁。“

我立即回忆起来，面前这个穿黑色夹克衫的青壮年，就是当年经常在峡下山塘里摸鱼虾的“啦咔仔”，少年时的模样还明显地刻印在他的脸上。我很高兴地问：“你爸妈身体好吗？“

“我爸过世了，母亲身体还好。“

“哦！”听说他父亲已经去世了，我心里一阵紧缩，很难过。想起来，自己在红旗村的时候，村支书曾经给过自己诸多的关照，又掏出钱包来，从里面数出来一千元，交给“啦咔仔”，说：“这点钱给你母亲买点营养品。过一阵子，我会抽空去拜访你们

“啦咔仔”不肯收下那钱，说现在家庭生活比过去好多了。我告诉“啦咔仔“，这是孝敬老人家的一点心意，硬逼着，“啦咔仔“才收下。

后来，那位有美人痣的姑娘又到我们的海燕宾馆做按摩小姐。她告诉我，她是中医学校的毕业生，学推拿针灸，出来打了几年工，赚够本钱后就准备回老家创业。

再后来，2006年，我们又相遇了。那一年，我前往江西婺源紫阳参观学习，完了以后赶回县城的旅馆住宿。走了一天，乘车劳顿颠簸，感觉很累。办理好住房手续以后，各自回房间休息去。我正要走向房间的时候，旅馆女老板回来了。只见她身穿一套得体的白色套装，遮掩得密不透光的前襟，丰满的胸脯隆起，长长的阔脚裤，凸显出高挑的身材，她的脸蛋大而清秀，双眼皮，经过描画的眉毛衬着一对水灵灵的大眼睛，非常靓丽。这一装扮无不彰显着她那成功女性的风度。而她那嘴唇左下角的美人痣分外引人注目，同时，也明确地告诉我，这个美女老板就是曾经在我们海燕宾馆服务过的按摩女郎程凤花。

我情不自禁地上前与女老板打招呼：“你好！你是叫程凤花吧！”

女老板娘先是一怔，她满脸通红，惊愕之后才若有所思地问：“你是曾总……”

我点点头。

有一个朋友不解地问：“你们是怎样认识的？”

我笑一笑说：“她曾经是我的老部下。"

听我那么说，程凤花放心了，伸出双手，握住我的右手，激动地说：“你

好领导！”

接着，她热情地招呼我到她的办公室去。我不好推辞，只好顺着她的意，去她的办公室，一路上连声夸赞她创业有成。程凤花急急地小声地说：“过去做按摩女的事情，请你千万保密！”我说：“请你绝对放心，我不会跟任何人提及过去的事！”程凤花说：“多谢你！那么多年了，还记得我！“

程凤花非常感动，又一次拉起我的右手，握紧了说：“当年你给了我五百元，刺激了我，也鼓励了我，使我有决心挣钱创业。要不然，我可能还沉浸在那龌龊、肮脏、恶劣的环境之中！可以说，你是我的指路人！也是我运气好，回家乡后碰上发展旅游业，我把握机遇，办了这个旅馆，生意不错。“

说话的时候，服务员送上来茶点、果品。我为了表示尊重，吃了一点点。程凤花问我有什么事情需要她做的吗，我告诉她说，自己是出来办事顺便旅游的，明天就回广东了。机票之类的事务已经办好了，没有什么需要麻烦她的，并夸赞了她的家乡很美。寒暄了一些闲话，我就起身告辞了。

离开程凤花的办公室回到住房，我思绪万千，走向廊台。

天下起小雨来了，我站在廊台上，望着天井屋檐密密麻麻的雨帘，隐隐听见从不远处传来的黄梅小调和现代曲的歌声。一阵阵清清凉凉的晚风，透着生活的恬淡与悠闲。热烈与安静相混合，自然使人感到不一样的写意，同时又勾起我对程凤花事业征途的思考。我感悟到，创业冲动对脱贫的重要性，只有把握机遇创业才能有所成功，也只有创业成功才能致富！想到程凤花曾经有过的非常行动，想到做人的艰辛，想到做事业也像做人一样，生存是第一需要。为了生存，有时候，也会做非常的行动。但是，一定要把握好尺度，千万不能犯法、犯罪。一旦犯罪，就无可救药了！所以，非常的行动，应以不犯罪为界限。

我又想到：“生意”是具有生命、生长本义的事业，适逢其时才能成就生意。人生际遇，事业归宿，是机会促成，是机缘巧合。机遇，是做事业的时机际遇，是事业发展的关键时刻的缘分，是事物生起或灭失的辅助条件。世间万事万物皆由因果联系而生起变化，并且按一定的规律演变、连续。机缘巧合成就事业，不同的“机遇”和“缘分”有不同的因果。表面上，各行各业的成功人士好像都是得到天降好处的幸运儿，事实上，他们的业绩都是各种机缘巧合和艰苦卓绝地奋斗相结合的结果。机遇与幸运是两码事。前者是时代、环境的必然结果，后者则是一时一事侥幸的偶然事实。对于机遇，总是仁者见仁，智者见智。只有十分注意分析国内外形势和市场发展前景，善于把握时代脉搏，抓住机遇，实干苦干，才能取得成绩，人生才能更上一层楼！

赢在妥协

2011 年秋的一天，我到大自然酒店办事，出来的时候驾车往前走。忽然间，从前面开过来一辆崭新的轿车，两车撞上了。我惊慌失措，下车后立即给我的司机打电话，告诉他我与人撞车了，叫他快来处理。

对方也下了车，看看我，摇摇头，叹了一口气，平静地抚摸着他的那辆车被撞的痕迹。拿起手机，打电话跟交通警察报告了撞车的地点。接着，他掏出香烟，递给我一支，我说自己不会抽烟，他独自点燃了，抽起来。

在等待的时候，我想起了好多年前经历过的一次撞车事故。那时候，我还在航天科技工业园当总经理，外出办事，是专职司机开的车。当时，明明是对方违反了交通规则向我们的车撞过来的，他下车以后却凶神恶煞破口大骂，还拉开架势，像准备打架那般。我的司机也不相让，握紧拳头，也准备大打一架，双方互相指责、对骂。看到这个架势，我想到妥协，想花钱买平安。于是伸手拉开我的司机，掏出三千元人民币，给了对方，作为修车金，以平息矛盾。司机很不服气，说明显是对方的过错，为什么还要赔钱！我们自己修车还要花钱呢，本来是要对方来赔偿我们修车的钱的，现在怎么倒过来，要我们赔礼道歉，这不是吃了大亏吗……我说：我们是花了钱，但赢了理，平安值千金！如果真的打起来，不管赢输，都要吃大亏的！

回忆往事后，当下这件事，我准备照样办理，不管谁对谁错，自己站在妥协的立场上，花点钱，息事宁人。

等待一会儿，我的司机到来了，接着交通警察也到了现场，经过一番勘察，确定了我是应该负责任的一方，然后向我要了保险单，抄写了保险号，叫我们找保险公司去理赔。撞车矛盾解决了，我的觉悟程度好像也得到了提高……

这样的结果，让我心中很是欢喜。与上一次撞车相比较，两次的做法完全不相同。上一次是两车相撞后，双方司机下车互相指责、对骂，是按照吵架的胜负决定谁赔偿谁。我们在双方打起来之前，认输，赔了钱，获得了平安。现在是文明相处，两车相撞，下来互相敬烟，找交警来了解情况，判断哪一方该负责任，然后保险单号码一抄，完事。互相握手言欢，成为朋友。我躬身自问：为什么会出现这样大的变化呢？应该不是讲文明的结果，而是强制上了保险。有了事故，找保险公司理赔……当事人可以高枕无忧，何苦动气！

推广开去，我又想到：近来社会上发生了许多与人身保障问题有关的冲突。想到为什么老人跌倒了会没人敢扶呢？这是因为，我们现在的养老保险和医疗保险没有覆盖到每一个公民的身上。如果老人跌倒以后有保险保障，知道不会给儿女添麻烦，他就不会讹人了！

可见，社会保障问题不解决，就会有人讹人也有人被讹！人们的习惯逻辑就是这样：非黑即白，唯利是图，不肯妥协。只要发现了与谁有利益冲突，头一天还热情相拥呢，一转眼就白眼相对，成为仇人。有了图利之心做事就会使坏，千方百计获得利益。他不知道，失道寡助，即使是一时得到好处，也做不成大事。其实，只有妥协，各让一步，大家都“吃小亏占大便宜”，办成大事。

我又想起了自己为什么会接受“妥协能赢“这一理念，知道有矛盾的时候互相妥协是解决问题的最好办法……

2003年，我退休后创业搞房地产开发，经营“烂尾楼”，要解决的第一个难题是处理好与原先项目投资者的关系。这个“烂尾楼”项目原先的投资者是国家煤炭部下属的西安煤炭设计院，他们已经投入资金人民币一千七百四十万元，需要回收本金和利息。我们认为这一烂尾楼的价值已远不及从前，只同意归还一千万元给他们。他们说：这样的结果，明摆着他们要亏空人民币七百四十万元，他们当然不肯承担这样的亏空责任。为此，我们专程前往西安寻求解决问题的办法。

到了西安，他们很重视，召开党组会专题研究，给我们这样的答复：他们已经投入资金人民币一千七百四十万元，要求本金和利息如数还清；

否则，只有通过法院诉讼这样一个解决途径。理由很简单，他们是国有企业，现在的当权者不会承担流失国有资产的责任，要通过法律途径解决，不管什么结果，他们都不用承担责任。

面对这样的结论，我们只能无功而返。他们也按既定方针，向法院提交民事诉讼状，请求法院解决纠纷。

开庭审理以后，法院给出两个意见供我们选择。一是判决拍卖所得现金清偿西安煤炭设计院的投资款，按法官给出的拍卖底价是人民币五百万元，这样的结果，西安煤炭设计院亏空一千二百四十万元。我们则丧失了这个项目，所有投资都会泡汤。另一个意见是和解，通过《法院调解书》的形式解决纠纷。

我们双方经过反复协商，最后达成一致意见用现金归还加房产抵偿的办法解决纠纷，在一年时间内，给西安煤炭设计院归还现金五百万元，用建成的商品房二楼面积两千二百平方米，按每平方米六千元的单价计算价值共一千二百四十万元抵偿，两个数额加起来，正好一千七百四十万元。这样的解决办法，实现了双赢，对于西安煤炭设计院来说，收回了投资本金，账面平了，没有亏空，面子过得去。而对于我们的企业来说，五百万元现金加两千二百平方米建筑面积的造价约五百五十万元共一千零五十万元，相当于节省了七百万元的投资本金。两年以后，大楼建成，西安煤炭设计院拿到了两千二百平方米的房产产权证书及五百万元现金，相当收回了一千七百四十万元，会计账平了，双方满意，皆大欢喜。

面对如此令人满意的结果，西安煤炭设计院主办人李副院长无限欣慰地对我说："好，大家都好，是真正的好。在市场经济环境中，要做好新项目实现经营效益，合作者的人品最重要。我看到过不少合作项目的失败案例，大部分都不是项目不好，而是合作者不好。他们为了追求自我利益最大化，受囚徒困境心理影响，导致经营项目失败！"

我问道："什么是'囚徒困境'心理的作用？"

李副院长看见我诚恳的表情，于是很认真地给我解释道："你长期做生意，忙忙碌碌，要寻找学习的机会，给自己加油。对经营者来说，挤出时间对市场经济秩序以及现代企业制度进行研究和理性思考，涉猎一些相关的经济学理论研究指导实践活动，会有帮助。博弈论中有'囚徒困境'

心理一说。所谓‘囚徒困境’心理效应是说与人合伙做项目，容易产生‘囚徒博弈’。‘囚徒博弈’是一个寓言故事，说有两个重刑犯在司法机关立案取证阶段，分别被关在不同的牢房里。调查人员分别对他们进行审问，究竟谁是凶手。因为两个重刑犯彼此没法沟通，于是博弈起来。重刑犯阿甲思考案件发展的结果会有下面几种：其一，阿乙把阿甲推出来作为凶手，以减轻自己的罪责；其二，阿乙承认自己是凶手，包揽罪责；其三，阿乙什么都不供认，死活不说。同样，重刑犯阿乙也会思考上面三种可能。从概率上来说，甲乙双方都把对方供认出来的可能性最大，其次是甲乙双方都不承认，至于两者都自己承认罪责的可能性最小。按照这个逻辑演绎，最大可能性是甲乙双方都从各自的利益考虑，都供认对方是犯罪的主谋，罪责重大。这样做，对甲乙双方都没有好处，都会受到最严重的法律处罚。相反，如果各自后退一步，多承担一点罪责，则大家都会受到最轻的法律处罚。但是，尽管这样的结果大家都心知肚明，还是会把罪责往别人身上推！为什么呢？因为他们不能见面，互不知情。人是有私心的动物，心理定向思维必然是所有的作为都为自己取得最大利益服务，结果适得其反！这就是‘囚徒困境’的心理效应。它说明，有博弈事实发生的时候，事情的发展趋势往往会陷进‘囚徒困境’的怪圈，个体的理性追求作为往往会导致集体的非理性的结果。社会现实中，这样的情况随处可见。大到国家利益的博弈，小到人与人之间的博弈，都是这样子。在企业，在经营业务、合作做项目时，如果合伙人都追求自己的经济效益最大化，各怀心思，都从自己的利益出发，结果一定不会好。在合作项目有矛盾的时候，如果合伙人都能够换位思考，冷静地考虑个体利益和整体利益，寻找双赢的办法以解决问题，一起把项目做好，那么大家都得益。所以，选择合作项目，对合伙人人品的判断比对项目前景本身的判断更重要。合伙人人品好比项目好重要！”

我听了，觉得受益匪浅。

李副院长又解释：“什么叫谈判？谈判不是拍桌子吵架。谈判桌上，双方都不能坚持己见。坚持己见，就会吵架，两败俱输。谈判是一种要求双方妥协的艺术，如果追求单方面的赢，不叫谈判，而是征服，或者说是战争。只有通过谈判，互相妥协，才能实现双赢。”

李副院长和我共同回忆当时的谈判过程，说如果双方坚持己见，不能通过法院调解解决纠纷，就不会有今天的双赢结果。

实践是检验真理的唯一标准。在经营事务中，我总是不断地实践着“妥协能赢“这一理念，所以取得了很好的结果。

有些年轻人觉得“妥协”是一个糟糕的词汇。其实不然，我的经历证明，妥协是一个非常好的词汇。有了它，不管什么矛盾，如果能够促使对方和自己都做到一定程度的妥协，就会得到双赢的结果。“妥协”的运用范围，小到处理人与人之间的矛盾，大到处理国与国之间的矛盾。矛盾发生了，只要双方各妥协一步，就会进步一大步，社会也才会不断向前发展。回望历史，所有的进步难道不是由双方互相妥协促成的吗？说小了，人生就是一场宿命跟岁月的漫长谈判的过程。很多人过得拧巴，就是单方面想赢，忽略了岁月的力量。人到四十多岁头发会白，眼睛会花，你还和年轻人一样好强，行吗？岁月会说不可以。你改变生活方式，学会妥协，岁月也会给你妥协半步，让你好好生活。领导与被领导之间，也是一场谈判。社会民主也是如此！

当今世界，需要营造双方都懂得妥协的氛围，实现双赢。权力要懂得妥协，当权者要对自己有所克制；公众也要学习妥协，可以变得更加理性，而不是情绪化；我们在反抗的同时，也能自责和自律。这可能是最关键的问题。国家的未来也是要看会不会形成一种妥协的平衡点，完成社会的质变，实现社会生产力发展的跨越，成为世界一流的强国。现在很多事件、冲突，都是来自非理性的公众和非理性的权力汇合，任何单方面的妥协都不可能解决问题。但是，这两者之间谁先谁后，是很重要的，我觉得公权力要先妥协。媒体更多的是要约束公权力，要通过对常识的捍卫和对理性的呼吁，慢慢地让这个社会的理性建立起来。现在的物质生活充裕了。人们还是觉得不幸福，是为什么呢？在这个迷茫的时候，人们要学会理性看待问题，矛盾双方要学会妥协，并从自己做起。

我们不能只站在道德的立场上讨论现实的一些问题。当我们了解人性的复杂的时候，理性就会慢慢地建立起来。人们常常热议的一个问题，即为什么f老太太跌倒了却没人敢扶？这是因为怕被讹。大家都在那儿感慨，人们现在遭遇良心滑坡，道德沦丧，世风日下。其实不然。我觉得，时下的中国人不比一百年前更糟糕，也不会比一百年后更好。社会有时候激活了人性的坏，但它不是简单的道德问题，跟我们国家的制度还有缺陷有关。现在，我们文明水平与经济发展不同步，还需要改革，还需要提高社会保障水平。国家若要提高文明水平，必须树立起“赢在妥协“的观念，面对社会矛盾，要互相妥协，不断化解矛盾，实现和谐，推动社会进步。

其实，不单解决世界矛盾需要有妥协的意识，推动改革开放也需要有妥协的理念，一个人做事业，更需要理解“赢在妥协”的哲理，用妥协的理念解决矛盾，才能促使事业有成。

失足遗恨

“宁可错过，不可错做！”这八个字，是我根据自己的经验及观察、总结别人创办企业失败的教训所得出的结论。

从1985年算起，至今，我经商办企业，足有三十二年。有成功的喜悦，也有失败的教训。从宏观角度看，其中因为时局政策变化造成无法抗拒的失败有四次：在经营国有企业和民营企业的时候，先后两次办星级酒店，失败；先后两次办大商场，失败……从微观角度看，还有更多次失败的经验。在经营国有企业的时候，我积累了一笔利润资金后，企图扩展经营业务。1991年，“三来一补”外贸加工业很红火，我就投资一百万元申办了一个制品公司，却没有接到外单业务，公司勉强维持了三年，就歇业了。1992年，我以为做贸易容易赚钱，投资一百二十万元申办了一个贸易公司，因为经营不好，公司严重亏损，四年后结业。当时，我对于这些失败的认识，觉得是因为时机不对，那个时候，已经是“国退民进”的时代，办国有小企业，是不合时势潮流的，所以注定失败。

那么，办民营企业呢？也有过好几次的失败教训：2003年，家电商品贸易很红火，我投资九十万元办了一个小家电商场，结果由于没有经营人才，商场的业务不好，维持了三年，亏损六十多万元后，商场结业。2005年，我看见房地产装修行业生意很好，投资五十万元办了一个装修公司，由于缺乏装修工程人才，维持了三年，装修公司结业。2009年，为了帮助朋友就业，投资二十万元办了一个小食馆，也因为不赚钱而转让他人。我所创办的三间民营企业，都以失败告终。

社会现实告诉我们，创办企业是一件很难的事情，要慎之又慎！创办企业要成功，有两个先决条件，一是时机，二是人才。当然，也要允许试错。

我创办的几个企业失败，都有一个共同点，就是投资资本在可控的范围之中，失败了不至于危及生存。如果过度负债投资，后果就难以设想。

我有一个很熟悉的朋友，姓 ×，原先是一个国有企业的总经理，大家都尊称他为 × 总。他曾经是我的老部下，大小事都会找我商量，征求我的意见。2010 年春天，× 总找到我，说：水口有一个采砂场，是某某领导干部办的，他急需一笔资金，要把采砂场卖了。按现在的情况来估算，办一个采砂场，投资资金最少要一百五十多万元人民币。这个采砂场，只要一百万人民币。这是一笔绝对赚大钱的生意！现在建筑市场旺，河砂是不愁嫁的皇帝女。按照当前行情估算，一个月可以有十多万元的利润，一年有一百多万元的利润。投资一百万元，一年就可以赚回来，往后就坐着收利润。

我分析：采砂，其实就是开发经营矿业资源，这一行业高投入、高回报、高风险。做好了，收益大，利润高；做不好，血本无归！所以，我不同意 × 总参与投资，理由是我不了解采砂场的经营业务。后来，× 总向我说明了他的打算：他想以国有企业总经理的身份出面购买采砂场，实际上却是他自己私有。他觉得这是一个难得的赚钱好机会，失去了太可惜。于是积极筹集资金，收购采砂场。他告诉我说：一百万元投资，他自己筹集的资金有五十万元，另外五十万元的缺口，向私人借款，月利息按 2% 计算，每个月是一万元利息金，在利润中优先归还借款的本金和利息，这应该是一笔高利润的生意。

× 总人缘好，又有头有脸，高利息借款五十万元完全没有问题。采砂场被 × 总买过来了，刚开始，还有某某领导干部的权势罩住，红红火火风风光光地经营了半年。× 总正踌躇满志的时候，遭遇了政府整顿采砂行业的法治行动。河砂是矿产资源，必须有国土部门的特别许可。他们的采砂场原来是某某领导干部强势经营的，没有办理好应该有的证照。× 总接手以后，也没有尽快地去办理相关的法定事宜，没有完善工商行政登 ST 作，也没有拿到经营许可证，算是无证经营，一下子被“清理整顿”了。采砂场的投资缩水了，没有多少价值！清算的结果是所有私人借款成为债务。

为了归还投资借款，× 总只好采用“借东墙补西壁“的办法还债，就如下雨天担石灰，积水越来越多，结果是债务越来越重，直至不能自拔！

怎么办呢？出路在哪里呢？

× 总找到我，商量对策。这是无解的难题，我们默默相对。我想：现在 × 总眼前定是一片漆黑，他可能会回想自己下海经商以来的许多波折，他也曾面临经营风险，但因为是国有企业，风大有上级领导挡着，水淹有上级领导拦住。不管风吹浪打，总能平安无事。可是这一次办采砂场，他没有向上级领导请示报告，上级领导不知情，最终导致血本无归，所以那个领导也不会帮他承担责任，所有债务只能由他个人负责。他自己除了工资以外，别无收益，那么多的借款本金加利息，怎么偿还呢？他真后悔莫及，自己当初为什么那么傻呢！

债务波浪，汹涌澎湃，冲击着 × 总的心房，使他烦躁无比，使他无所适从，使他精神几乎错乱！

我送他走的时候，也是默默无语。

此后，他又好几次找到我，问我他该怎么办？我说毫无办法，除了给点小钱支持一下他度日如年的生活以外，别无良策。

每一次乂总从我这里走后，我都会认真思考，他这样子，该怎么办？看得出来，× 总深陷在债务的痛苦之中，他在想办法解决问题，但结论是无解！他想到了老婆孩子，他知道，老婆过去能够理解他、支持他。他对她，除了感激，还是感激。他对她，有一种真诚实在的爱。这种爱，绝不是去商店挑选商品那般，挑一个外表好看的称心如意的，或者是选择物美价廉的伸手拿来的，丢了也无所谓的。她是他在茫茫的人海中挑选到的自己真心喜爱、渴望得到的、充分满足的人。他想给她多多的回报，却做不到。现在看来，他真是无能为力。爱怜、负疚，× 总的心像是被锥子锥了，他苦不堪言。他在我面前闭上眼睛，是在怨天尤人？还是在默默地祈祷？

× 总每次找我，我也总是无语应对。

此后，× 总的债务雪球越滚越大，他只能用房产抵押的办法借新还旧。再到后来，就难以为继了。

夏去秋来，很快进入 2012 年寒冬。那天是星期六，× 总又找到我，说："现在，我无法归还借款是确定的事实了。我要找一个解决问题的办法，求得人身安全，保证能够长期生存！看起来，唯一的办法是找地方躲藏起来。"对于 × 总这一结局，我似乎早有预感。现在听他这么直白地说出来，还是让我有一点坐卧不安。

我问 × 总："你自己寻地方躲起来了，有没有想过老婆和孩子，他们该怎么办？" × 总说："我要抓紧与老婆协议离婚，离婚了，债权债务划清了，就与老婆孩子无关了，就会有法律保护他们安稳生活。"

× 总又无可奈何地对我说："当今世界，人只要入了另册，一定会被穷追猛打，永无翻身之日。我已经走上了绝路，是万般无奈。希望曾总以后能够多多关照我的老婆和孩子。"

我点点头，对他表示安慰。

在确定无法归还借款这一事实面前，× 总认定解决问题的唯一的办法是找地方躲起来。面对这种结局，他说服了老婆，抓紧时间进行协议离婚，并很快地把协议离婚的法律文书办好了。

在 × 总找我说他想出走躲债的第二天，× 总的老婆告诉我，× 总不知去向，所有的债权人都向她讨债，她问我该怎么办？我说，你抓住一条，推脱了事。说离婚书上明明白白把债权债务归属分清楚了，× 总的债务由 × 总归还。请他们找 × 总去。

但是，债权人不买账，他们说要用婚前共有资产住房抵债，且好几个债主都为房产抵债提起法律诉讼。从此，× 总的老婆不得安宁，为应付官司而东奔西跑，× 总儿女的生活也大受影响……

看见 × 总的老婆整天愁眉苦脸，我很同情。我猜想，× 总离家出走，独在他乡，他一定会仰天长叹。晚上，他看着那个巨大的缀着满天星斗的苍穹，就如斗篷，紧紧包裹着他。无数的钻石般的星星，向他眨眼，像是在耻笑他。那月亮也在慢慢地移动，似乎有意躲避他。他觉得自己是天地不容，他真恨不得钻进地下，永远不见天日，不接触亲人，不要让朋友知道自己的下落。出走的时候，他会抱怨命运、自我责备，当初要不是自己一念之差，因为贪婪去投资采砂场，就不会有今天。许多往事浮现在他眼前，似四季景色，随季节变化而无限玄妙，有火热的温雅，有外泄情感的收敛，也有了温良的慈悲。他会想到，人们喜欢把视线集中在光鲜的一面，喜欢回想某一段可以留恋的过去。然后，就像树叶一样，由嫩绿到枯黄，再到凋落。他会想到：人的思维方式永远是枝枝相重叠，叶叶相覆盖。他审视自己过往的行为、感情，还会想到在全民经商的时代，被社会形态裹挟着下海，做了企业的老板，想赚钱，也真的赚过钱，但是，当他还想赚更多钱的时候，就是自找苦头了。从此背上了债务包袱，天天烦恼！钱，是匆匆而来，也是匆匆而去；而债务包袱，放不下，会撕碎人生的美好！

×总创业被法治这一根致命稻草压碎的故事也告诉我们：害怕应该害怕的东西，其实是一种勇敢。市场经济的法治体制进程在加快、在不断完善，靠投机开路、靠某个领导干部权势与体制博弈的时代已经成为过去。任何人都一样，必须加强法治观念，合法合规，建立科学的治理机构，形成专业化的有效的管理系统，才能稳健有效地与政府管理部门对接，获得长期的发展市场资源，用资源整合的能力获得财富，才能长安久治。

投资创办企业，一定要量力而行。在我们身边，有多少企业也曾经风光一时，旋即暗淡无色音消无名；也有部分企业，经过改朝换代依然保持青春。其成功之处就在于经营者立足于生存，同时能够不断地适应环境变化进行改革。×总不量力而行、不守本分而遭遇失败的事实也告诉我们：懂得守本分非常重要，只有守本分又量力而行才能善始善终，不守本分的人十有八九是以彻底失败为归宿。保持方向的清晰，再去考虑路径的多样化。

“一失足成千古恨！”这一警句值得每一个人牢记。其由来说是唐伯虎年轻时无所事事，和人纵酒游乐，经过好朋友的规劝，于是唐伯虎闭门苦读。唐伯虎十六岁时参加秀才考试，中了第一名，二十九岁时到南京参加乡试，高中解元（第一名）。正当唐伯虎积极准备来年的京城会试时，却飞来横祸。在这次乡试中，有人事先经过贿赂，得了试题，事情泄露后，考官被罢免，无辜的唐伯虎受到牵连，不仅被剥夺了解元称号，还入了监狱，被释放后唐伯虎感叹道：“一失足成千古恨，再回头是百年身。”“百年身”，指的是下一辈子的事了，今生，再也没有希望了。每一个错误，都要付出惨痛的代价。错误越大，代价越惨痛。做了错事，良心不安，不仅别人痛苦，自己更痛苦……

“一失足成千古恨”，比喻人一旦犯下严重错误，就会成为终身的恨事、憾事。人是感性动物，常常会因为某些原因，做出懊恼悔恨的事。历史上，有“一失足成千古恨”的故事，比如战国时代的长平之战，赵王换掉廉颇用书痴白起当帅，结果一败涂地；诸葛亮因为用了空谈家马谡，造成一次巨大的军事错误；刘备发动夷陵之战，结果被火烧连营七百里，损失实在惨重，蜀国伤了元气再也没有强大起来。

“一失足成千古恨！“

× 总原本过得好好的，他被利益鼓动投资办采砂场，结果彻底失败，上演了一个叫人啼笑皆非的“家散人失踪”的故事，引人深刻反思。做生意、搞投资，要记住“宁可错过，不可错做”。错过了还可以等待机会再做，错做了就输定了。

时也运也

2014年，原本经营得好好的“麦德龙”国际品牌超市忽然结业撤离了惠州。“海燕·绿岛商城”一楼商场因此空置，给我们公司造成直接经济损失三千多万元人民币。加上房地产市场遭遇寒冬，商品房既无价也无市，使我们公司的经济周转遭遇空前困难。债权人登门讨债，一时无法还款，难听的话越来越多……面对债务负担，企业经营困难，一时又找不到解决问题的办法，我心急如焚，真有一点上天无路入地无门的感觉，几乎患上抑郁症。我只想解脱。为了散散心，我登上高榜山挂榜阁，眼见好山好水，思及创业艰险，创富艰难，积累艰苦，资产动静却是高山流水……有无限感慨！焦急之余，感到消极不是解决问题的办法。想到“天无绝人之路”的古训，决心想办法找出路。有感而发，创作了一首名为《叹山水嗟仙痴》的励志小诗：

创富愿景云间飞
浮光掠影叹不止
西湖天鹅戏白鹭
东江彩笔赋豪气
象山东来飘神采
罗浮西去嗟仙痴
断篇残章续有期
高山流水馈社稷

为了激励自己，祈祷走好运，又写下文章《激活幸运正能量》：

唯心格物，寻找解决困难的办法。想到有很多古谚语说明可以“心想事成”，只要信念坚定，往好处想，又努力奋斗，寻找实现目标的路径，刻苦前行，真的会有好结果。

在《秘密》一书中有这样一段内容，说世界上的一切事物都由暗物质主宰。自然界有一个“吸引力定律”，说人生命中发生的一切事实都是意念的反射。人们对事物产生的信息能量会从大脑发射给宇宙磁场，而这个宇宙磁场就会原原本本地把你的念想能量回应给你。换句话说，就是心生万物。你对世界简单，世界就对你简单；如果你把事情无限复杂化，宇宙磁场就还给你复杂化的事物，前途难卜。

现实生活中，我们都是命运女神的舞伴。命运总是在幸运和厄运之间徘徊舞动，让人眼花缭乱。人们时时刻刻都可能遇上厄运和好运。只有那些正确对待厄运，做到坚持不懈的人，才能化解厄运，抓住机遇前行，逐步走向成功。自主激活幸运正能量，可能真的会有奇迹发生，可以把好运带到自己的身边。

具体说：在面临厄运心烦意乱的时候，要努力激活幸运正能量。可以做这样的练习：回忆美好的往事，总会发现曾经有过的好运气。对曾经实现过的好结果，认真地进行成本效果分析，列出收益和付出，肯定正能量，以此激励自己并将之付诸今后的行动计划。在压力大的时候，要努力解压。可以转移自己的视线，或者去健身房挥汗，或者去电影院捧腹；或者说，自个想象前面有可能发生的美妙好事，做一个美梦，尽兴享受美好的愿景，让自己有所觉悟：神秘的未知的及玄幻包裹的命运竟然是如此简单明了，改变命运的密码就掌握在自己手中。所以，生命路途中，在事业遭遇不顺利的时候，与其闹心纠结不如顺其自然享受过程的精彩。把那些厄运带来的烦心的事当作每天必落的灰尘，静待它们沉淀。然后于得失之间把握人生新的均衡点，让生活过得快乐。拥有好心情，获得正能量，不断向前行，将会好运相随！

为了走向美好的未来，为了拥有好运，要依托四法则以激活幸运正能量：一是充分利用一切偶然的机遇；二是相信自己的幸运直觉；三是永远期望好运会到来；四是努力奋勇前行。相信能够实现愿望的神奇力量；相信好心有好报，厄运就真的可能变为好运。命运天平的联码就在我们自己手中，激活幸运正能量，从现在开始认真做好。在幸运法则的结尾，拥抱好运气，让生命活得光明磊落。

我把自己所理解的励志向上激活幸运正能量的心得，写成文字以后，时不时拿来欣赏，并用此推演企业前途。想到了创新是解决问题的办法，决定调整资产结构，低价销售部分商场房产获得现款，解决经济困难。当时，房地产世道不好，商场面积大所需资金额度也大，因此无人问津。银行又催着要还款，让人心悸！我祈祷走好运，能把商场卖出去。一段时间以后，奇迹真的发生了。一次很偶然的机会，一个朋友知道我因为经济周转困难，要卖两层楼商场，面积有四千七百多平方米。他去问一个朋友要不要买，结果是无心插柳柳成荫，那人真的把那两层楼商场买下来了。这让我一下子收回现金两千七百万元人民币，还清了所有欠款，渡过了难关。同时，我将空置的“海燕·绿岛商城”一楼的商场分隔出租，实现房产物业效益。2016 年，企业又走向正常轨道，稳健前行。

有一句老话说人做事业是“时也运也“。“时“讲时机，是肯定的。时代潮流，浩浩荡荡，顺者昌，逆者亡。顺时应势，是事业能否成功的前提。“运”讲运气，有点玄。冥冥之中的大千世界，谁也不知道能不能碰上好运气。其实，运气是个人能力及心智处事的运作过程。虽有一点点的偶然性，但更多的是不同人的心智奋斗过程所取得的不同结果。运气这东西，看似神秘，其实不过是主体和客体的一次奇妙的充满无数可能性的出人意料的机遇巧合。因此，对于每一个人来说，不要做运气的膜拜者，不要等待运气，甚至要忘掉运气；要有事业奋斗目标，在自由创造中采取更为积极和睿智的人生态度，一步一脚印地努力奋斗。很可能，不知不觉中，出人意料地会与运气相遇。好运当头，成功创造事业。

我经历的事实很好地说明，一个人，在事业面对难关的时候，一定要有动力，想办法创新、找出路。创新是克服困难的出发点也是落脚点。只要稳妥，经过努力就有可能寻找到解决困难的办法，使事业不断前行。

改革开放三十多年以来，我国经济发展的路径，市场经济前行的步伐，是从草莽时代步入成熟期；企业家风起云涌、起伏沉没是时代的产物，过去的风云际会时代随之渐行渐远。无论是改革开放后崛起的以边缘人物为主要特征的第一波企业家，还是体制内的官员、知识分子下海经商的“九二派“企业家，抑或是2000年后借着互联网经济的大潮崛起的第三波企业家，都经历过中国经济的大乱大治、大落大起，身上有着鲜明的时代机缘烙印。这三代企业家对社会发展趋势、时代潮流有其深刻的理解，也领悟到其中的生存之道，所以这也成了他们成功的根本原因。今后，新一代企业家会有怎么样的面貌？中国进入到一个更加有序，更能体现文明和智慧的新发展时代，企业仍将生生不息，且会越来越多。当工业经济基本完成，大生产尘埃落定，赢家通吃格局基本成型以后，留给大部分企业的出路只有一条：要么接受淘汰，要么创新突围。未来型企业具有创新的天然属性，只有做“未来的企业”，才能拥有企业的未来。创新是打通当下与未来的唯一通道。

然而，创新终究是个稀罕物。尤其是全球性去产能趋势登峰造极的当下，产能过剩的另一面便是创新短缺。只有创新才是穿越产能过剩周期的真正利器。大企业凭借实力持续大规模投入，在技术革新、商业模式等方面进行足以颠覆业界传统标准或游戏规则的创新，靠产业引导资金分散风险模式进行的创新尝试，有利于集中火力，形成重点突破，这是未来创新的一条重要路径。迷你型小企业，创新投入小（主要是自我迷恋的能力）产出小，就如同微积分积小成大一样，以微小的创新积攒能量，从量变到质变，也可以产生颠覆性的创新。各类量大面广的中、小、微企业将铺天盖地、大行其道地进行创新，并形成创新的主流。还要看到，对于中小企业来说，要把企业资产转化为资本，就需要创新，把“死资本”转化为活资本，这样做实质是创造资本。所谓经济产能就是把当下资源变成未来的经济收益，在这个转换中形成的能量，就是红利的源泉。这是经济潜能在未来与当下之间不断进行势能与动能转换的过程，这也需要创新。企业家有这样的思路，才有持续创新的能力，经营企业才有前途。

企业创新过程中，存在诸多的困惑、陷阱与误区。所以，创新对于企业又有可能是可望而不容易实行的难事，这就要求企业必须生成创新文化。在企业经营过程中，要有创新理念，选择用创新语言对接，将创新、创新行动、创新商业化、创新系统化四个元素串起来，让创新文化在企业落地生根，进行渐进式、平台式、突破式创新，使企业避免走进“创新死亡螺旋”，避免局限于将所有资源投入单一的创新之中。要有明确定位：做跟随者还是领先者？一般认为，只有领先者才是创新者，其实也不尽然。创新在一定意义上，只能领先半步，所以要做局部的领先者全面的跟随者。创新常常能出奇制胜，简单的往往是最准确的。同时，还必须注意避免走进创新误区，认为产品创新就是科技领先，把模仿与创新对立起来。体验经济时代，体验最为重要。如果能够提供最惬意的体验感觉（身心的满足感），就有消费者去关心背后复杂的技术支撑系统。传统价值链理论在工业经济时代发挥过重要作用，但是在产品经济时代则越来越表现出过剩的局限性，新经济文明时代更看重谁的价值在发展价值链中有未来，是当下价值与未来价值、长期价值与短期价值、企业价值链与行业价值链的衔接。模仿式创新是自主创新之母，中小企业的后发优势也在于此。

我们中华民族的先贤说得好："天下大势，分久必合，合久必分。"用这样的观念分析经济发展不同阶段的分合时势、运气流程，是不是可以这样说：工业文明把社会分工细化到了极致，对它的创新便是使产销高度融合的经济文明；在产销高度融合的经济文明时代，创新便是自产自销自玩自乐的个体化的分享经济文明。个性化的需求，产生了小资、小情调盛行的经济环境。当互联网的内核格式化了整个世界以后，分布式、扁平化将成为新时期经济社会的普遍现象，企业和个人就成了无穷无尽的网络中的一个网结而已。在这个新时期的分享经济社会中，不管什么行业、不管任何人，都要进行个性化创新，创造财富。不断地开辟分享经济的新境界的路径，适应事业创新发展的需要，一步一步地实现小目标，集小以成大，才能事业有成。

时也，时代潮流，政局大势，必然是顺者昌，逆者亡！运也，事业奋斗的运程。奋斗目标要有号召力，才有信心为之拼搏；实现目标要精心策划组织，有组织力才能把各种人组合起来为共同目标奋斗；工作过程中会有各种各样的意见、矛盾，有管治力才能统一，实现劲往一处使；现实环境条件是会变化的，要有适应力，适时适当调整思路、方法、手段，促进事业成功，这一切，都必须有执行力推进。所以，是人的心智具备的号召力、组织力、管治力、适应力、执行力决定事业前途！

第四辑

处事与恕道

2004年，在房地产“海燕·玉兰花园”经营项目刚刚启动的时候，一大堆的难题把我弄得头晕眼花。真是天有不测风云，那天，合伙人忽然向我提出“要撤走资金，退出合作”的决定。这又给我出了一道大难题……我心急如焚，不知如何是好。

我离开了办公室，到室外去放松紧绷的神经!

房地产经营项目的建设用地就在办公室的旁边，这是一栋烂尾楼，满目疮痍。只见地下室土建基础工程的建筑物约有两千多平方米，硬挺挺地躺在地面，凹凸不平，那些锈迹斑斑的混凝土钢筋好像是在呻吟！紧挨着它的是一个深潭一样的大池塘，死水荡漾，倒映着天空白云，铅一样沉重，浮萍点点，衬托着塘脚边上那残存的护坡水泥柱脚，剥落的斑痕好像是一串落入塘岸的泪珠，令人畏惧！看见这样的场景，我那悲观失望的情绪愈加浓厚，真有些后悔，当初我真不该冒险创业。

我离开了现场以后，坐上小轿车，在^条还是坑坑洼洼的麦地东路街道上慢慢地行驶着。路两螂些高大而密密层层的茅草，更让我不开心。我手握着方向盘，漫不经心，顺其自然地前行，也不知道自己要把轿车驶向何处。

一个接一个的困难，把我弄得心烦意乱。不知不觉中，我驾驶着小轿车到了惠州市三环路，行进在路人不多的大道上，漫无目的，又来到红花湖的入口处，不由自主，方向盘一转，驶进了红花湖的环山道路。顺着山坡，直上坝顶。我忽然想去红花湖的湖心亭，去那儿静静地想一想。

红花湖修建于20世纪50年代“大跃进”时期，当时它只是高榜山坑窝里的小型水库，后来经过加固、扩大、蓄水，现在成为惠州市的一个傍山湖泊，显得格外的山清水秀，吸引了不少游客来这里游玩。

我的轿车在环湖道上前行，拐了一个弯，忽然听见和尚敲击鼓钱的声响。透过挡风玻璃，看见那建在两个山梁下的永福寺。和尚念经诵唱的韵律使我又记起《六如亭》上的偈文："如梦幻泡影，如露亦如电。"使我联想到追梦创业的艰难，觉得永福寺僧人诵经的声韵分外的悲凉！

红花湖环山道路在湖边的一侧，绕山前行，路边是一株接一株的紫荆花树。树枝上蝴蝶状的叶子与初夏的日光抗争，亮亮的，色彩斑驳；紫荆树下面，傍山一边是排洪水沟，有数不胜数大小不一的沟壑泥潭，被山洪冲刷破坏的痕迹随处可见，更加让人伤感。

小轿车行进得很慢，转弯处，真有"山重水复疑无路"的味道！

不一会儿，来到红花湖后山堤坝。这一条拦截雨水的堤坝有三百多米长，形成一个三四千平方米的广场。堤坝的山边处，有一个小卖部，专售泳衣、小食之类的小商品。时间还早，周遭只有一部小车，以及几个玩耍的游人。

我把轿车停放在堤坝上，走过湖中天桥来到湖心亭，坐在亭中的石凳上，看着深蓝的湖水，沉思、默想……

我想到《中华人民共和国合同法》，知道合伙人不可以说退出合作就退出的，《中华人民共和国合同法》对投资者利益的保护是全面的。我可以抗争，不让合伙人撤走投资。不过，这样做的结果必然是互相对抗，最终导致一损俱损！顺其自然让合伙人退出，则全部风险都要自己承担。怎么办才好呢？抗争的结果会是两败俱伤，而委曲求全又会给这个项目带来什么样的后果呢？

红花湖的湖水清清的、蓝蓝的，倒映着青山，模模糊糊，山水浑然一体。有几个人在游泳，击起的水波，不停地扰乱湖中的波光水影、云天山色。

我坐在湖心亭上，经过很长一段时间的静思默想，设计了好几个处理危机的方案，并模拟结果，想到两条出路：寻找新的合作伙伴，筹集资金注入，解开这个死结；或是变卖项目，返还合伙人投资资金。

在我努力寻找最佳的解决办法的时候，我真正感觉到了经营的危险，体会到了创办民营企业的艰难！我思考着转让项目清盘结算的办法，设想找熟人授让这个项目，只要授让金额足够清还投资者本金、利息金，就可以转让项目。我又在设想：如果找不到熟人授让这个项目，变卖的办法就是登广告拍卖。那样，就真是毁了名声！

想到最悲惨的结果，我忍不住仰天长啸：“早知今日，何必当初！”

这一喊，空谷回响。堤坝广场上的几个人，都向我投来不解的目光。我感觉到他们的目光，而那郁闷的情绪倒是轻松了许多，本来积压在心头的痛苦，好像缓解了。我在想：我原本就是一个打工仔、穷光蛋，在生命线上挣扎求生存，是偶然的机会，让我成就了一番事业。如果现在失败T,也不过是又回到了原点！

我在想：这可能是命中注定的！庆幸自己保住了公务员的待遇，有正常的退休金养老，不愁衣食住行，日子可以安安稳稳过，也算是有好下场。

在红花湖的湖心亭上，我思绪万千地坐了一个多小时。当我确定从最坏打算争取最好结果的决策以后，又慢慢地把变卖项目这一解决难题的办法梳理出来，结论是变卖项目后，自己还不至于破产，而我那痛苦的心情又减缓了几分。

面对红花湖边上的那些已经开始凋落的紫荆花，我想起了紫荆象征和睦团结的故事。传说南朝的时候，京兆尹田真与兄弟田庆、田广分家，吵了一架。当兄弟三人把财产都分置妥当的时候，发现院子里那株枝叶扶疏、花团锦簇的紫荆花树不好处理，于是商量将这株紫荆花树分为三段，每人一段。第二天清早，兄弟三人前去砍树，发现这株紫荆花树枯萎了，花朵也全部凋落。田真情不自禁地对两个兄弟感叹说：“人不如木也，分则不能存活！”兄弟三人经过商量，又把家合起来，和睦相处。那株紫荆花树也颇通人性，很快，又恢复了生机，生长得花繁叶茂。

忽然间，我想起父母亲的教导，有一道亮光在我面前闪烁。

小时候，我家穷，我个子又比较矮小，常常被人欺负。有一天，我被邻村一个人打到流鼻血，回家向父母亲戚哭诉，本想大人会帮我去讨回公道。母亲却对我说：“被人欺负好过欺负别人！欺负别人，人家会记仇，会报复。被人欺负，你下决心做好自己的事情，比人家有出息，就是报了仇。好好读书，长大了，比他有本事，就是报复了。”堂兄说：“做人不要那么顽皮。太顽皮，长大后不是人头就是烂仔头！”舅舅摸着我的头说：“做人要忠恕厚道！我外甥长大后一定是人头！”我听了很舒服，点头表示赞同。父亲很严肃地说："做人忠厚孝道有饭吃，做事慈善积德有福报。"顿一顿又说，"近邻和好，吃亏聚财！"

我记住了父母亲和长辈们的教导，认真读书，取得很好的学习成绩，最后真的比打我的那个人有出息！

长大后，通过学习知道了为人处世要行恕道、和为贵。孔子"己所不欲勿施于人"的恕道是先秦百家极为重要的思想成果，甚至已经成为人类道德伦理的终极原则。道德是人类自由意志的指导规范，伦理则是道德的理论依据，我们要为自己确定道德规范并为其找到终极依据。"己"与"人"，"不欲"之物也没有任何具体的限制，免除了不同个体主观差异的纠缠。恕道是一种普遍适用于任何人、任何物、任何时代的道德依据。这个原则具有明确的指向，能够在普遍性的前提下对人的行为进行确定性的规范。即便是有着特殊偏好的个体，也不因为它的某种特殊"不欲"就造成判断上的困难。道德在某种意义上来说正是基于自我克制的"不为"，解决了"克己"的问题。这种限制不涉及任何正当利益的"自我牺牲"，仅仅是"不欲"而已。一个不损及自身利益的道德原则大大降低了奉行的难度，具备内在的稳定性。恕道具有高度的抽象性、普遍性，又由于恕道是基于人类理性最基本法则的逻辑推论，所以具有最为坚实的普世价值，简洁明了。至今，在道德哲学领域还没有出现超越这个优美表达的理性原则。一个真正做到了"己所不欲勿施于人"的人，就是一个现代意义上的具有高尚道德人格的人。我的经历也说明，奉行这条原则更有利于推动一个人走向道德的高层面，不知不觉中帮助你成就事业。

是的，办企业应该以和睦为出发点，以和谐为落足点，处理好内外矛盾和各种纷争实现经营效益。和则双赢，斗则双伤，浪费资源，造成财富损失。做事业，每前进一步，都有艰辛，都要付出艰苦的努力！我想到，改革开放以来，商品经济已经像大潮一样推动社会进步，物质财富在翻倍增加。当今的时代潮流就是市场经济，这是肯定的，顺者昌，逆者亡；社会现实是不确定的，因人、因地变化无穷。个人的事业前途，要根据市场竞争的确定性预测未来，根据社会变化的不确定性决定行为，才有可能实现目标，否则失败无疑。

我灵机一动，感觉到决定民营企业家命运的最后一根稻草好像不是资金问题，而是对形势的判断是否正确，应对策略是否合适。倏然间又燃起了我对房地产业前途广阔的希望，点燃了继续寻找资金来源克服困难的希望。我想到当务之急不是去抱怨合伙人，不是自己找死路，而是要看透经济形势的本质，重新认识自己在解决烂尾楼实际工作中的优势与困难，重新进行经营策略定位……

我从湖心亭出来，有一种“柳暗花明又一村“的感慨！驾驶着轿车，在环湖山道上前行。湖边，面对不畏夏日烈焰的紫荆花，我设想着用“做人忠厚孝道有饭吃，做事慈善积德有福报”与“近邻和好，吃亏聚财”的原则和/皆处理合伙人退出合作的问题。这时候，真有“退一步，天地宽“的畅快。

隔水相望，我看见对面山道上的紫荆花，虽然它们没有了耀眼的光彩，但星星点点特别引人注目。那肾状的叶片分裂成两半，似蝴蝶展翅，绿叶成荫，簇拥衬托下的五片花瓣，均匀地排列着，一朵一朵，如燃烧着的火花，照样迷人。环湖山道上的紫荆花树，青绿繁茂，遥相呼应，十分壮观！凝视紫荆花树，我感受到创业路上的难以应付的各种各样的困难，体会到经过艰苦奋斗后克服困难的快乐！

此后，我的合伙人按协议办法退出去了。我自己做主继续推进“海燕·玉兰花园”房地产项目开发经营，最终取得了完胜！

这件事的实践告诉我：中华传统文化“注重家庭、注重家教、注重家风”的现实意义，关系着一个人的处世作风和处事做法。良好家风有利于促进家庭和睦相亲、社会和谐美好、后辈健康成长。“忠厚传家久，诗书继世长”“积善之家，必有余庆”“夫风化者，自上而行于下者也，自先而施于后者也“–良好的家教、家风由长及幼潜移默化，自上而下代际传承，启迪、规范、教化着一代又一代人。如果重智轻德、重知识轻行为，则很有可能造成行为失范。社会上的许多不道德行为的背后，往往有不容忽视的家庭因素。成风化人，有范可效。家庭成员的一言一行、一举一动，表现的世界观、人生观、价值观，影响着他们后代的处世行为。爱国守法、明礼诚信、崇德向善、友爱互助等品质，若能成为千千万万家庭的共同价值追求，则一个个小小家庭的和美纯良会支撑起整个社会大家庭的风清气正。

做人处世行恕道，做事立业和为贵，取得正能量，更有利于克服困难，实现人生目标。

文字的灵性

走出校门，走向社会，面对五颜六色的世界，尝过苦辣酸甜。在改革开放时代潮流的推搡下，又当公务员又涉足商业，开发房地产、做贸易、开商场、办实业、管理工厂、投资酒店。游弋商海，深切体会到要做好人又要做好事是多么不容易！

改革开放以来，碰上好时代，也经历了沧桑变迁。一些人的思维方式率先完成了转轨变制，适应时代的要求，成为时代骄子；也有一些人面临着空前压力，只领风骚三五年，“盛极而衰”，成为开拓新时代的先烈。我们清楚地看到，国家从计划经济走向市场经济所发生的巨大变化。中华民族文化传承的“义利观”宣扬“舍利取义”，诅咒钞票带血，钱孔里沾满了腐臭。表面上反对追名逐利，而骨子里却是在追求名利双收。在社会转型环境中，人们的伦理道德、价值取向受到剧烈震荡，变异的结果导致社会的各种病态：诚信危机，道德败坏，伦理丧失，坑蒙拐骗，假冒伪劣，既嫉“富”如仇，又同流合污，变着法子采用非常手段牟利“赚钱”。产生的负面作用就是缺乏责任，冲击社会，使人困惑怎样构建现代文明伦理道德呢?

资本主义社会的商业文化有学者秉烛前行，有哲学家参与其事，都罩上道德伦理的色彩，得到社会舆论的支持。对于“义利观”明明白白地讲，“义”与“利”是画等号的。他们的理论不宣扬唤起利他之心，而是宣扬唤起利己之心，并为之大声咋呼，宣称：赚钱是商业美德的结果！被尊为经济学之父的亚当·斯密有一段常常被人引用的话：我们每天所需要的食物和饮料，不是出于屠户、酿酒家、面包师的恩惠，而是出于他们自利的打算。人们自利行为的最大化，通过市场这只无形的手，最终为社会创造了福祉。这种赤裸裸的功利主义，被西方国家捧成利润伦理！成为市场经济学的核心！这种观念确保了资本市场商业伦理道德的诚信、真实。西方式商业伦理敢于为商人们的逐利行为歌功颂德。商人在点数钞票的同时，感觉自己戴上了崇高的桂冠！这无形的推手加快了经济发展，促进了社会文明进步。

对现代商业伦理道德的理解和对中华民族文化传统观念的认识，使我感悟到在遵守开拓“商业利润伦理”的同时，又要坚持传统美德，先学好做人，再学会做事，掌握好社会主义初级阶段市场经济的规则去创业创富，才能有所作为。我为此产生写作冲动，希望通过文字的感染力警示人们要坚持崇高的信仰，树立健康的价值观念。因此创作了一批关于经商办企业的小文章，见诸报刊，并结集成《企业成功的轨迹》《CEO的情商与谋略》《商道真经》《创富密码》等书出版发行，受到好评。

文字作品不断发表，我觉得自己有一定的书写能力，决心用长篇小说反映中国崛起大时代的社会现实，反映改革开放三十年的社会变迁，为促进时代文明进步服务。因此构思创作“六如”长篇系列：《六如轩》《六如台》《六如亭》三部曲。用“六如”诠释人生愿景：如虹神采，如霞飘逸，如梦美妙；诠释铿锵使命：如影随形，如雾朦胧，如雷万钧！通过描述社会转型期创业者创业、创新、创富的艰辛历程，说明坚守传承仁信和利义并重的价值观念的重要性；讲述在社会转型过程中，个人命运与国家民族复兴命运的紧密相连；表现创业有成者的家国情怀、济世意识、民族大义、社会责任感。

第一部《六如轩》，描写20世纪40年代出生的下乡知青经过了水深火热的历练，成为社会主义建设的中流砥柱。通过对小说主人翁人物形象的刻画，描绘他们的苦苦探索、刻苦跳跃、艰苦超越；反映他们创业经历了兴衰存亡的过程，为推动国民经济发展而努力奋斗，为加速工业化、城市化进程贡献了力量；体现他们虽然被社会掌握着命运，前途难卜，却仍然紧跟时代，努力进取的精神！说明“商业利润伦理”与中华民族传承的殿堂文化、草根文化胶着碰撞、角逐！一部分国人的核心价值观仍然是图利，“天下熙熙皆为利而去，天下攘攘皆为利而往”，而创业者勇于改革、创业、创新、创富，实现“义”和“利”双赢。这部作品于2008年2月在《中国作家》发表；2008 年 5 月作为纪念改革开放三十周年特选作品在《长篇小说选刊》转载；2009 年被广东省宣传部确定为向国庆六十周年献礼作品，由花城出版社出版发行。

第二部《六如台》，描写 20 世纪 50 年代出生的创业者的家国情愫和担当精神。前苏联政府投放巨额资金建造航母，工程量已完成近七成。苏联解体后，乌克兰获得该航母产权，因缺乏财政拨款和配套设备供应而停建，准备将之出售。我国有关方面通过民营企业家以澳门一家旅游娱乐公司名义，通过竞标买下。公开的理由是要把它改造成一个大型海上综合旅游设施。由此牵动着某大国的敏感神经，导致运输这艘海上巨无霸的过程一波三折，直到“9 · 11”事件发生以后，事情才获进展。从买下到运回中国大连，漫漫海路竟走了四年之久！

这一重大题材具有震撼性的魅力和效应。当时，购买航母在社会上还未公开，把废旧航母改造成用于试验和训练的航空母舰，不管在军内还是军外，都具有震撼性。在许多人看来，这故事沾有“国家机密”色彩，不能随意公开，因此我不得不反复权衡轻重。经过再三思考，我最终下定决心，把它写出来。把中华文化传承与中国人强海防情结升华为海军灵魂，凝成非同凡响的执着与坚守。

小说初稿出笼，惠州市作协、广东省作协，都曾经为此请了多位资深作家出谋献策，召开研讨会，使小说主人公形象塑造与购买航母的大事件、大环境、大冲突更加契合、扣人心弦。围绕购买航母事件发展隐含的经济风险与政治风险不断发生剧变，显得丰满、真实、可信。2011 年，配合国家作为特大新闻公布的把苏联解体后遗留的废旧航空母舰“瓦良格”改造完善成海军航空母舰训练舰的重大讯息，《六如台》在《中国作家》发表，并且被广东省作协确定为建党九十周年献礼作品，由花城出版社出版发行。

第三部《六如亭》，描写 20 世纪 60 年代出生的一群大学生，在改革开放发展市场经济的社会环境中，经受时代变革、社会转型考验的人生故事。小说围绕着三大时代背景展开：一是 1983 年“严厉打击各种流氓刑事犯罪”运动，他们遭受洗礼，人生际遇令人匪夷所思。有人因此成为流氓刑事犯罪嫌疑人，走难逃遁；有人从政、从军、从商、从教……各自

在社会变革中演绎悲喜剧。二是 1992 年邓小平南方谈话发表，在市场

经济的大潮中，人们纷纷下海经商，又一次改变了他们的人生轨迹。在中国经济崛起发展进程中，创业大军里有人成功也有人失败，还有人从成功走向失败。三是2001年我国加入世贸组织以后，经济全球化的浪涛再次改变了他们的人生归宿，反映国有、集体、私营三种类型企业在相同的社会环境中奋斗竞争所得的不同结果，表现实施改革开放政策的社会态势和人文精神；在复杂纷繁的社会矛盾中，创业者被瞬息万变的市场风云所裹挟，每时每刻都处在政治风险和经济风险的旋涡里，都在为生存和发展而博弈。市场经济的根本动力在于创业者的创新思维、创富冲动，他们创造了社会财富，推进了社会物质文明精神文明进步。《六如亭》在2012年被广东省宣传部确定为纪念邓小平南方谈话发表二十周年重点扶持文学创作项目，由花城出版社出版发行。

《六如轩》《六如台》《六如亭》三部曲的主人翁分别出生成长在中华人民共和国成立前、中华人民共和国成立后和“文化大革命”三个时代，后来都在改革开放、国民经济飞速发展的三十年中创业、创新、创富，他们在市场经济的洪流中，经历了“顺者昌，逆者亡”的洗礼。胜利者，应该归功于时代潮流的赏赐; 失败者，必须思考个人性格的缺陷！说明“创业、创新、创富”的企业家精神要发扬光大，全体国民要协调和谐，共同建设美好家园，实现国强民富。

是文字的灵性，让我在2008年、20昭、2012年分别加入惠州市作家协会、广东省作家协会、中国作家协会，成为为数不多的国家作家协会会员。

有人问：作为公务员、创业者，够忙碌了，你为什么还不遗余力创作文学作品呢？我说，通过创作文学作品可以走进历史进程的时光隧道，表现社会变革时代的史诗风流！

我觉得，文学作品，尤其是长篇小说，要达到时代史诗的高度，关键不在于写作技巧，而在于精神品质，即一个作家在大时代之中的站位和姿势。我们要思考的是，以什么样的思想和精神来展现时代史诗，表现什么样的精神品质，才能体现出文学作品思想的高度、广度和深度！才能体现出文学作品的精神价值！

这个社会，创造与欲望并存，诉求多元，最让人忧心的是人的精神体系下滑，几千年形成的道德价值观念受到冲击。有些道德诉求在塌陷，致使有些人什么也不信，心中没有信仰，只有拜物教和金钱迷茫。当下，我们不能不正视一个残酷的事实，那就是普遍存在的精神危机。文学创作就是要面对现实，面对这样一个转型的社会和时代，用独到的发现和亮光来诠释这个时代、社会、人生，从而构成独特的精神文明品相。面对纷繁复杂的世界和难以预测的人生命运，要用作家的认知力、感知力、思想力、识辨力和叙事力来透析光怪离奇的社会现象，表现时代史诗，关乎家国情怀，让人看见一个时代、一个社会、一个国家的发展轨迹。文学作品描写的人物形象犹如一位历经沧桑的史诗参与者，站在一个很高的高度，用很巧妙的视角，进行一种独特的时光穿越，以一种历史的、哲学的和美学的眼光和视野，统领和诠释现实社会的时代史诗的世相，让人深思，让人反省；歌颂先进人物的精神美德，感动人、鼓舞人，跟上时代步伐，奋勇前进！

文学作品通过文字的功能表现真实生活的细节之美。它所描述的不仅仅是改革开放创造财富的波澜壮阔的场面，也不仅仅是一个个传奇式人物的感人表相，而是人们世俗观念新与旧的较量，以及典型人物骨骼上珍珠般串起来的细节美德。通过文字的感人功能针砭时弊，苛责假、丑、恶，歌颂真、善、美，让人警醒。因为有感人的故事、动人的情节、逼真的细节，让人物的命运沉浮于社会动荡的惊涛骇浪之中，让各种各样公众人物的担当精神令人心明眼亮，让人看到在时代变革中典型人物的独特表现、担当、作为，他们在推动时代进步的过程中发挥着不可或缺的作用！

天道酬勤、地道酬善、人道酬爱、业道酬精、商道酬信。千山独幽径，唯有真实存在可寻。文字的特色可以瞄准人物、人情、人性和命运的出发点和归宿，描绘社会生态。把文学创作的视角支点聚集到不同身份的人的人生、命运上面，在相同的时代中不同身份的人有不同的处境、梦想，人生的结果也不相同。可以泼墨如水写人情之美，写人性之暗，写命运之舛，以及由此带来的牺牲、光荣，描绘各种各样人物的命运、尊严。唯其如此，文字具有独特魅力。可以充分表现社会现实时代史诗的世相，令人瞩目！令人反思！令人警醒！

我把文字创作、文学创作当成一种社会责任。为推进社会文明进步而摇旗呐喊，不受功利思想左右，没有邪念，没有虞诈，有的只是对历史事实的回顾，明示一些经验、教训，给人启示，让人铭记！高雅，清纯，怡悦众生。摒弃功名利禄，贬恶扬善，鞭挞丑陋，服务社会。身外的东西生不带来死不带走，只有文学作品可以长留人间。哪天有了激情，有了冲动，打开电脑，把外界的纷扰、红尘的繁缚，全都抛诸脑后，剩下的是一个似陌生又熟悉的广袤世界。键盘虽小却能书写万事万物，在浩瀚无际的虚拟世界里纵横捭阖，穿古越今，时而花前月下，时而周旋是非，刀光剑影，轻声细语，美女俊男，喜怒哀乐，应有尽有，真是美妙！

我觉得用文字创作文学作品的过程是一种很美妙的生活方式。“天下为公”，不为稻粱谋，清心如许。世界是复杂的、多元的，有风花雪月，有血雨腥风；有善良正义，有丑陋奸邪；有春色秋光，有疾风骤雨。当作家，要爱憎分明地去欣赏、审视多姿多彩的社会，要用符合社会主义价值观的理智眼光去理清真善美、假丑恶；不要混淆朴拙、颠倒黑白。要用良心说话，上可对苍天无愧，中要对老百姓负责，下报父母恩德。无论红尘如何繁缚错综，淡然处之！

文字是心灵栖息的港湾。通过灵性的文字，我可以独自凝思畅想，在现实与艺术交错的世界中漫步、翱翔。当我摆弄电脑的时候，内心愉悦，心旷神怡，呈现在面前的方块文字，千军万马，排兵布阵，随意调遣；动词、名词、形容词，词语、词组，描写、比喻、夸张，信手拈来，一切由着心性，多姿多彩。散文、诗歌、小说、报告文学，任意圈点。有大铺广叙，长篇大论，娓娓道来；也有三言两语，抒发豪情，昂扬、凄婉。有千古不变的誓言，也有深闺少女的内敛。游戏人生，把疲惫的心灵安放到另一个仙山琼阁。心静情真，敬畏艺术，嬉笑怒骂，都是文章。

进行文字创作是苦中玩乐。陋室里没有花香、没有红尘，只有一个人冥思苦想的坚守。寒来暑往，年复一年。因为没有柴米油盐、衣食住行之忧虑，所以写作很快乐！每当坐在电脑前敲动键盘的时候，一种莫名的兴奋瞬间爬满心头，那汹涌的激情，在键盘中宣泄、奔涌，清空了烦恼，涅槃出一朵朵艺术之花。当数百页素纸黑字的稿件打印出来，摆在面前，赏心悦目。那情那景，既像洞房花烛夜，更像金榜题名时！此情此感，是享受！是养生！是快乐！乐在其中！

文学作品曾经带给人们“真实”的“幻觉”，满足人们对社会和使命的解读。在分工越来越细的今天，文学的记录、反映、教化等功能，已经被其他艺术门类取代，文学作品不再有昔日的光环，它已经回到文字的城堡里，恢复它的质朴本色，承担自身的初始意义，即文字与生命的契约。但是，它的灵性没有消失，它仍然承担着文字本质的延伸功能、叙述功能，即对生命本质最幽微处的领悟和叙说能力，在生命深处打一口井，向内深挖，让心灵的甘霖不断地从内里涌出，浸润滋养良知、责任、仁义、道德、尊严、信仰、和善、希望和勇气。我用匠心定力驾驭文字，抒发情感，搞文学创作，实现作家梦，就是图心安。能够用文字的灵性记录人生足迹，在人生起伏沉浮中留下几行脚印，有所感悟，心底自然会有几分惬意，几分自豪，心满意足。

成事的定力

2013年春节，一天上午，温暖的阳光洒落在大地上，使草木都秀丽多姿，神采怡然。早春日照特有的温暖光束，无私地给予了所有生物无限的生命活力，把初春温馨的气息泼洒给人间，使天空格外的肃穆、庄严。农村更加美丽，城市更加充满蓬勃的朝气！这种充满生命青春朝气的气氛，使我为自己人生事业有成而兴奋。我忽然收到同村邻居，同为龙川金中校友，现在居住在广州已经退休的高级中学特级教师何其芙先生的短信祝福：

“新春伊始，盘点你的人生，局长做了，总经理任了，作家当了，学者授了，创业成功了，财富增多了，荣誉盈满了，人生的梦想已经实现或超额实现了。作为钦佩你的同乡同学，我恭祝你新年身体健康，怡享成就，安享幸福！为了我们的深厚情感，在此特别叮嘱，记住做人要有涵养，内涵牢记《人生六不忘》：一不忘根，炎黄之根，宗族之根，祖先之根；二不忘本，做人之本，立身之本，立志之本；三不忘善，修德之善，行道之善，解难之善；四不忘恩，养育之恩，栽培之恩，帮扶之恩；五不忘责，社会之责，岗位之责，家庭之责；六不忘情，血缘之情，挚友之情，真爱之情。最后，送上一副春联：，笑对夕阳添新岁，挥毫妙笔颂春秋。，“

看过短信，我静静地体会着那些朴实无华却又浸入肺腑的文字，脑海中过电影一样回忆人生往事，一幕又一幕……

我曾经潦倒过，困难重重，但是因为有心，用工匠精神做人、做事，在良师益友的帮助下，我最终摆脱困境。是时代进步改革开放政策给予我机会，让我经历风浪以后通过奋斗不息终于取得业绩，结果成就了一番事业。感悟到人生在世，要想事业成功，最重要的一点就是要顺乎时代潮流。选择事业要适合自己，要抢占优越位置，千万不要好高骛远，要根据实际环境，选择最适合自己的职业！只有适应环境才能把握好自己的命运！一定要强迫自己适应环境，而不要去妄想环境适应自己！

“有志者，事竟成！”我今天的事业成绩，正好印证这句话。

成语“有志者，事竟成”典故出自《后汉书》，说刘秀打天下的时候，派大将耿合去攻打占据山东青州十二郡的豪强张步。张步兵强马壮，是耿合的一个劲敌。张步听说耿合率兵来攻，就派大将军费邑等分兵把守历下、祝阿、临淄，准备迎击。耿合先攻下祝阿，之后用计相继攻下历下和临淄。张步开始着急，亲自带兵反攻临淄，于是在临淄城外进行了一场生死搏斗的大血战。在战斗中，耿合大腿中了一箭，可是他勇敢地用佩刀砍断箭杆，带伤仍坚持战斗。刘秀闻讯，亲自带兵前来支援。在援兵还未到达的时候，部将陈俊认为张步兵力强大，建议暂时休战，等到援兵来后再发动进攻。可是耿合却认为不能把困难留给别人。经过一场激烈的战斗，耿合终于把张步打得大败。几天后，刘秀来到临淄，慰劳军队。他在许多将官面前夸奖耿合说：“过去韩信破历下开创基业，现在将军攻克祝阿，连战连捷，两功相仿，从前你在南阳曾建议请求平定张步，我当时以为你口气太大，恐怕难以成功，如今才知道，有志者事竟成啊！”

传统文化推崇“立德、立功、立言”的做人高境界需要有极好的人品，具有第一等人品是成为第一等人的根本。君子立身，修养为工，正诚为用，兢兢业业，不骄不躁的道德修养就是报答国家与父母的功德。为人在世，立德难，立功也不易，立言则须忠厚而勿刻薄；贪强好胜，好舌辩论，则不能正视是非，不能分辨真伪；服以行信，倡而成业。忠诚自守的为士之道，勤政守洁的为官行为，孝道和谐的良民风俗，上报国家，下慰黎民，不枉人生。

我曾模仿古人的三立观念确定自己的人生奋斗目标——“立业、立爱、立名”。它的内涵是尊尚传统文化道德伦理，是安身立命的智慧，是行为准则，是行动指南。“立业”是基础。一个人，遵守职业道德，伦常规矩，势定俗成，形成制度，自觉邮做事业，栽花种果；多栽花，少种刺，既为自己谋生、谋利益，也要为身边的人谋福利。大家都禁止违反职业规矩的行为，社会才能和睦，才能亲善。共同创造精神和物质财富，和谐，共赢，文明进步。“立爱”是态度。就是传承中华传统文化的仁爱，接受西方文化的博爱，对社会奉献爱心，多邮事，言利行善，形服势禁。处世有责任心，做人、做事自觉接受家庭伦理、社会公德、职业道德的约束。职业道德最为重要，涵盖社会关系，构建道德伦理。五四运动以来，传统道德观念被冲得七零八落，出现众多违反伦常的丑恶现象！构建和谐社会，一定要把舰道德的构觐在首要位置。做好了，不道德行为会为人不齿，似过街老鼠，人人喊打；假冒伪劣行为，会大大减少！“立名”至妙，也最难。名声信用，最为重要！既不可污，尤不能辱！耕皮生，人靠面活！雁过留声，Ail 留名。名声有好坏之分。留下坏名声，会遗臭万年；要留下好名声，就要不断地做好人、做好事、做功德事业。只有加强修养，严格要求，长时间地付出精力，舍得贡献财富让好多人得到好处，才能有好口碑，美名声誉，重如泰山，这是诚诚恳恳地做出来的。言必行，行必果，诚信为本，信用为怀，建树美名，传播声誉！

感悟人生，觉得做事业其实是一种选择的过程。经历一番艰难困苦的拼搏，经过一段时间的奋斗，取得进展，有了收获，有了第一次成绩。有了这个“1”字之后，怎么做？具有狭隘主义思维方式的人，会拼命地保住这个“1”字，结果是永远不能发展，做不大。贪婪的人，狂妄的人，有了“1”字之后，拼命地想在后面加上几个“0”字。加一个“0”是十倍，两个“0”是一百倍！具有这种野心的人，会有赌徒思维，一时一事成功之后，发疯似的企图在后面加“0”，结果是幻想破灭，走向失败！正确的做法是，有了“1”之后，再奋斗，实现成绩，在 T 字后面加上有形的数目，哪怕是“0.01”也好。由“1”到“2”，再到“3”……一步一步，做好、做强、做大。优胜劣汰，适者生存，是血淋淋的客观规律。为了使自己强大，必须时时警惕，克服保守，也要防止贪婪，这样才能立于不败之地，不断前进。

我们把那些有了“1”之后再奋斗而实现新成绩的人，称之为有志者。他们用工匠精神专注于每一项适合自己的事业，不怕艰辛，有安身立命的智慧，遵循道德伦理，誓禁不良行为，言利行善。无怨无悔！上对天，中对人，下对地，都过得去，心满意足！正如诗圣杜甫在《徒步归行》中的诗句：“明公壮年值时危，经济实藉英雄姿。”

有志者为人处世有共同的特点，即执着、坚定。他们做事的时候，有决心、有毅力，去拼搏、去奋斗，在风雨中百折不挠勇往直前。在人生的每个驿站上留下一段段不悔的回忆。流泪不是失落，徘徊不是迷惑，成功属于那些战胜失败、坚持不懈、执着追求梦想而又充满自信的人。

有志者平凡、优秀、卓越的区别在于：平凡者，把事做完；优秀者，把事做好；卓越者，把事做到极致。平凡者，坚持一下子；优秀者，坚持一阵子；卓越者，坚持一辈子。卓越者一般都是执着到偏执，正如有句话说“只有偏执狂才能赢“。这一句话，不是有志者的标准，而是专为有志者度身定做的格言。相比以前有志者创业的局面，未来有志者创业所要面对的局面，仅凭改革、智勇已经不够，即便是“颠覆“一词，也不足以概括时代潮流的增变速度。今后想要卓越，只能无所不用其极，将偏执进行到底。在外人看来，有志者个个都是奇葩，是疯狂世界的“正常人“。无数的有志者，都难以置信地是用如此令人匪夷所思的方式获得成功的。想通了，逻辑其实很简单。但凡看起来很正常的情形、非常合理的事情，谁又会去关注？新的年代里，与众不同就是范儿，只要有范儿就不愁没有金钱创业。某些有志者给自己的创业理由往往是，“市场上这个产品做得不好，我能比他做得更好”。但是，作为跟进者，若希望用既有的方式打败先行者，机会是很少的。在一个标准化的时代，要出人头地，没有突破性的创新精神远远不行。

有志者凭志向与兴趣做事，态度又执拗，难免会被人斥为是“高智商、低情商”。其实，社会进步发展到当今时代，各行各业已成模块化结构。有志者、管理者、资本者都可以彼此嵌入地合作、组合，完全可以通过外包或嵌入化解缺陷。时代已经奠定了分工高度细分、完备、模块化的基础，为有志者创业提供了前所未有的便利的实现条件，有志者取代聪明人引领未来事业，完全是合乎逻辑的趋势。

必须意识到，今后，创业会变得越来越不容易，集中表现在只有通过创新突破才能获得成功。在这样一个新概念频出的新时代，既是可以人人参与的好时代，也是一个让人容易迷乱在概念中的坏时代。如果贸然入局，什么流行做什么，表面是为了神圣的事业心、使命感，实际上是缺乏定力，就容易被利益、潮流劫持，坠入“机会陷阱”而失败。

与此同时，还要避免“知识陷阱”，知道不代表能够做到。创业过程充满不确定性，不能按照教科书上的步骤去实行。知道与做到完全是两码事。手持宝典，必须经历艰苦的踏实的基本功修炼，加上一点点超凡脱俗的领悟力，方能用智慧打通从知道到做到的通道。“职业高富帅”出来创业，看似很容易做成事业，其实不然，他们可能不如小白领的成功率高，原因就在于知道者走捷径远不如脚踏实地者从头干起好。

不仅如此，有志者大行其道更是未来引领今天的必然。今天这个世界已经呈现总体上的全面的过剩。从各类消费品到各类知识，乃至人类自身，都将在未来长期存在，难以消弭。“过剩”，只能靠创新来解决。各式各样的创新创业，成功了，引导新的供给有需求；失败了，创造了旧的消耗。可以吸收过剩能量到新兴的领域，如体验经济、绿色经济……只要有适合的商业模式，容量足够大，就可以解决一部分过剩人员的就业问题，也可以为世界进步贡献力量。再说，失败了，亦算是通过蒸发消耗能量积淀物质基础的一种形式，可以作为人类文明演进的垫脚石，所以，各式各样的创新创业的失败者，至少也是“死得其所”。

可以这样说，有志者其实就是社会上普遍存在的各行各业起关键作用的匠人。他们用工匠精神在各行各业专注于自己心爱的事业，不计成本、不计报酬、一心一意为实现既定的目标而奋斗。他们奋斗的具体内容会随着时代而变化，如果用“意识形态”评论，过往的有志者多是为个人兴趣，乃至信念，执着于某一事业。起事之初，往往背负沉重的生存压力，举步艰难；相反，未来的有志者群体成长于风调雨顺、丰衣足食之中，生长环境与相对充裕雄厚的经济基础，使其所思所想将会更多地从自我出发，以兴趣为兴奋点，追求感觉，收敛于广泛的具体的个体价值认同。过去的有志者“为稻粱谋”，催生众多的“急中生智”型的卓越者；今后的有志者将推崇“兴之所至，心之所安“，他们将是更加从容大气的卓越者。他们的视线可能完全朝内，只对与自己有相同价值取向的领袖顶礼膜拜。他们将是具有同种特质的群体，同理心运用得好，便是成功的捷径。

“有志者，事竟成”是因为有志者具有匠心定力，面对事业，有决心、肯坚持、敢拼搏、能奋斗，加一点点“天时、地利、人和”。他们诚信仁义做人，本真老实做事。不管在哪个行业，投入工作就坚定不移地执着于为事业目标而奋斗，用工匠精神把工作做好。紧跟时代，顺势而为，规避风险，一步一步，努力前行，让事业有成。创业、创新、创富、奉献！

第五辑

湖深诉沧桑

1998 年 5 月 8 日，我用心策划建设的三星级酒店海燕宾馆终于热热闹闹地开业了，真令人高兴！白手起家，从买地、规划、建设、装修、装饰到组织人员培训上岗，到开业，整整八年！中间经历了 1994 年的房地产泡沫冲击，停工三年，差一点烂尾。1997 年，香港航天科技国际集团为了持有优良商业地产，决定投资一千五百万元人民币用以装修、装饰海燕宾馆，占有 51% 海燕宾馆控股股权。因此我又多了一个董事长的头衔。这是一个客房、餐饮、歌舞厅、桑拿、免费美容、写字楼一条龙服务的商务酒店。策划建设样样都要亲力亲为，真苦真累。开业那一天，惠州市委、市人大、市政府都有领导干部前来捧场。在事业上，我又上了一个新台阶，怎么不叫人高兴呢？

海燕宾馆开业不久，我前往昆明参加昆明航天科技木地板制品厂董事会。在香港航天科技国际集团工作的时候，我于 1995 年至 2002 年兼任昆明航天科技木地板制品厂董事长。每年 6 月，我都要去昆明主持召开董事会。这一年，开完董事会又完成相关业务活动后，我应云南航天局高局长邀请，前往抚仙湖游览。路上，我心情挺好，特别有兴趣听高局长介绍关于抚仙湖的各种传说。

据说，抚仙湖是中国最大的深水型淡水湖泊，是珠江源头第一大湖，位于云南省玉溪市，距昆明六十多公里。抚仙湖最深有一百六十多米，可以让潜水艇试水。

抚仙湖的名称来自一个神话故事。传说深居天宫的玉皇大帝，一日步出宫门，远眺人间，发现一颗状如葫芦的明珠，镶嵌在云雾缭绕的万山丛中，湛蓝明净，波光粼粼，美丽至极。玉皇大帝为之倾倒，急传肖、石二仙下凡，描摹这人间美景，带回天宫，装点天堂。肖、石二仙腾云驾雾，飘落在明珠的东南方，迷离美景展现在眼前：明珠四周，嶙峋怪石，峥嵘多姿，仪态万千；湖中孤山独坐，与湖泊交相辉映；烟波浩瀚，水平如镜，柔和妩媚，像少女袒胸露怀，在安闲舒适地憩睡。肖、石二仙只顾搭手抚肩地观看、赞叹，痴迷得忘了画画，忘了归期。一日复一日，一年复一年，他们定定地站在那里，陶醉在迷离美景之中。久而久之，两位神仙变成了两座石峰，矗立在抚仙湖的东南方向，搭手抚肩、俯视明珠。抚仙湖因此得名。

我听着高局长讲述抚仙湖的故事，不知不觉地就到了抚仙湖。我们下车后坐小船，到湖上的孤山岛吃午餐。孤山岛面积不大，南面与海门公园相隔，北面碧云寺与莲花峰相望。据说每到农历六月初六，当地人便前往孤山碧云寺做庙会。

吃午饭的时候，高局长又兴致勃勃地介绍：抚仙湖给世人留有很多传奇故事。说古代抚仙湖的所在地是一个很大的坝子，在坝子里有一个繁华的城池，但由于地龙翻身引起一场地震，大水将这个坝子全部淹没，城池从此沉入水底。传说带有一定程度的神秘色彩，真实性令人怀疑。但是，城池水淹的传说却是逐步得到证实。近年来，潜水科考发现有很多水底建筑群：斗兽场、祭台、海马蹄印等。声纳扫描图显示出水下城市宏伟的轮廓，令人惊诧。根据水底考察：已经探明水下有大面积的古建筑遗迹。其中有一座高大的三层阶梯状建筑物，据说，台阶整齐对称。还有一座五层建筑物，呈阶梯状气势恢宏。第三、第四层倒塌比较严重，无法仔细测量，第五层宽类似于美洲玛雅人的金字塔。每一层大的台阶之间都有小台阶相连。这两座建筑物中间还有一条长三百多米、宽约十多米的石板路面，用不同形状的石板铺成，石板上面有各种各样的几何图案。在另外一片区里，发现了一座圆形建筑物，南面偏高，依稀可以辨别出台阶。北面倒塌得比较严重，东北面有个缺口，形状类似于斗兽场或者是祭台。据说，这些建筑群的规模不比玛雅文明的遗存差多少，而且已经成为世界性研究课题。在云南澄江县的历史上，有史可查的有三个城市，其中最早的是俞元古城，后来在史书上神秘消失，很多专家倾向于认定水下城市就是俞元城。也有人说是古滇国的都城，由于缺少文字记载，关于古滇国的一切，湮没无闻，成了一个历史之谜。抚仙湖地下建筑群，也有可能就是古滇国遗址。

沿湖山川秀丽，胜景很多。西面的尖山平地拔起，状如玉笋，雄伟峻峭，被称为“玉笋擎天”；东部有温泉，当地称之为热水塘。热水塘位于澄江县海口镇，泉口甚多，从山脚一直延伸到湖底，涌水量大，水温一般在40 ℃左右，水质含硫，适合沐浴、疗养，是理想的度假之地。东北面的回龙山如大象长鼻，故称象鼻岭；南面山间有海门河，隔山连着江川的星云湖。海门河中有一堵伸到水面的赭色石壁，称“界鱼石”，旁还有一块石碑。碑上有诗：星云湖栖息之大头鱼，抚仙湖生长的糠痕鱼，以石为界，不相往来。古往今来，“界鱼石”曾经吸引了无数游人，现在开辟为公园，供人们游览。“界鱼石”西侧有一座始建于明朝天顺年间的海门桥，没有桅杆的木船可从桥下通过，往来于星云湖和抚仙湖之间。桥身精雕细刻，美观大方。

环顾抚仙湖的周边，午后的霞光和水汽使群山虚化成水墨画中的皴染，唯独尖山就在朝，真实明显。它无基无序，拔地而起，阴影覆盖了都的渔村。再将眼光尽量地往远处看，湖的那边影影绰绰能看到有楼房的县城。

午餐以后，我们搭乘了汽艇，到湖上游览。有一群水鸟贴着湖面飞过来，兜了一个圈儿，又贴着湖面飞了去。

汽艇开得快起来，柔软的水面竟成了坚强的陆地，颠簸得身子生痛。在汽艇上，我们漫无目的地游弋。到了湖的一角，湖水变成了一条河向山碰间漫过去，不见尽头。

高局长说：“山址那边，还有一个湖，面积比这个湖还要大。两个湖是通过这条河连通的。要不要到那个湖去看一看？”我说：“时间不早T,就不去了。”于是我们返回。

傍晚，到达抚仙湖边的禄充村，参观秀山公园和玉溪红塔山卷烟厂。高局长又无限感慨地向我讲述了与红塔山卷烟厂董事长褚时健有关的故事。

他告诉我：褚时健出生于农民家庭，活动在燃情年代，事业几番浮沉，令人感叹。中华人民共和国成立前，他参加云南武装边纵游击队，任连指导员；中华人民共和国成立后，他加入中国共产党，历任征粮组长、盘西区区长、区委书记。1958年被打成“右派分子”，下放红光农场改造。摘“右派”帽子后任畜牧场场长、糖厂厂长、玉溪卷烟厂厂长。1986年卷烟厂体制改革后成为中国烟草行业第一，使红塔山成为中国名牌，使玉溪卷烟厂成为亚洲第一、世界前列的现代化大型烟草企业。1990 年被授予全国优秀企业家。1994 年被评为全国“十大改革风云人物”。1995 年褚时健被匿名检举贪污受贿一百七十四万美元，女儿褚映群在狱中自杀，老伴马静芬也被关在监狱，唯一的儿子出逃日本。1996 年褚时健被隔离审查，被法院批捕。据说会被判处无期徒刑，剥夺政治权利终身。

高局长发表议论说：对褚时健的社会评价应该肯定，他是中国最具有争议性的财经人物之一，曾经是中国有名的“烟草大王”。在他效力红塔的十八年中，为国家创造的利税高达九百九十多亿，红塔山的品牌价值评估达四百多亿，贡献的利税据说至少有一千四百多亿。他缔造了红塔帝国，创造了这么大的一笔国有资产，造就了不少百万富翁，为很多人解决了吃饭问题。由于体制原因，他对企业的巨大贡献在个人所得上并没有得到体现。十八年，他的总收入不过百万。个人收入的巨大落差使他心理严重不平衡，再加上缺乏有效的监督机制，使他辉煌的人生之路偏离了航向，也使他成为囚犯。很多人为他的遭遇抱不平。他的故事告诉我们，创业者的命运沉浮真是“人生如戏”！

褚时健的故事像是一阵刺骨的寒风，冲击了我由于海燕宾馆开业经营而兴高采烈、志得意满的心情！我想：我也是国有企业老总，也有可观的业绩，可不能行差踏错，被隔离审查，被批捕，走进监狱！

我们在聂耳公园内吃晚饭的时候，高局长又讲述了关于聂耳和国歌的故事。当晚，返回昆明市，已经是深夜了。

我好累，躺在床上却怎么也睡不着。想着抚仙湖古往今来，沧海桑田。古滇国的一切都湮没无闻，是否真的沉没在湖底？褚时健的故事真实存在，他从改革英雄变成囚徒，豪情值得敬重，结果够惨！我们应该引以为戒。聂耳为抗日救国创作《义勇军进行曲》，他在世的时候怎样也不会想到这首歌会成为中国的国歌！

自然变化，历史变迁，风光无限，赠予人类的奉献，无私、无穷、无尽！想到人类总是在不断地接受教训，不断地文明进步，我又快乐起来，慢慢地进入梦乡。

山幽说传奇

每年10月25日，是1968年惠州市郊区红旗村知青上山下乡的周年纪念日。1993年以来，年年都有纪念活动，其中2008年的活动特别隆重。为了搞好这样一个活动，我和在深圳工作的另一个知青共捐二十多万元，给每人打造一个精美的真金小红旗纪念品。大家都说“小红旗”立意好。当年我们红旗村知青集体是广东省先进模范；如今也是人才辈出，五十多个知青中，有厅级、县处级、科局级干部多人，整个群体也有比较好的经济状况，每年搞活动都不用大家集资。

这一天上午，我们在天悦大酒店集合，乘车前往下乡住地红旗村，访贫问苦后，在红旗村的一家农家乐吃中午饭。下午，各自访友，直到傍晚才返回惠州鲁惠国际饭店。吃过晚饭，我们在鲁惠国际饭店歌舞厅举行联欢晚会，有各种各样的活动。大家回忆起当年在红旗村的艰苦生活，说是信仰的力量使我们在红旗村得到锻炼成长，说罢很开心，并即兴为幸福生活歌唱。

第二天，我就前往北京人民大会堂参加企业家创新论坛。会上有一个关于企业家创造财富传奇的主题报告，主讲人顺便讲了他对因果报应的看法，介绍了安徽省九华山佛教的故事，说财富轮回，博大精深。他说，寺庙里有自然形成的不朽高僧的肉身遗体，供人瞻仰，令人神往。为了一睹奇迹，会后我与一个朋友从北京直飞合肥，驱车前往，登上九华山，一探究竟。

果然名不虚传，九华山的寺庙建筑群聚集在群山环绕的九华街。由于主要寺庙都集中在这里，因此此地有“莲花佛国”之称。九华街是座山镇，除了庙宇外，还有学校、旅店、商店、农舍等，游人可在这里住宿，并以此为起点，随意游览山上的名胜古迹。据说，整个寺庙群有佛像六千多尊，藏经籍、法器等文物两千多件，有三座肉身殿，分别在神光岭、百岁宫、双溪寺，保存有僧人肉身遗体十五尊。九华山是佛教地藏菩萨道场，与誉满华夏乃至全球的应化圣地五台山文殊菩萨道场、峨眉山普贤菩萨道场、普陀山观音菩萨道场齐名。

我们走在这莲花佛国，极目所望，所有的寺院、店铺与普通的民居都有黛瓦、天井、木雕、马头墙等，无不彰显着鲜明的徽派建筑特点。区分寺院、尼庵与民居的唯一办法，就是依靠颜色。

在导游的带领下，我们首先参观神光岭地藏庙，里面是金地藏的肉身宝殿。肉身宝殿是典型的宫殿建筑，门朝西南，红墙森严，巍峨雄壮，入殿要登八十一级台阶。站在台阶之下，举目仰望，可见南门厅上两块匾额。上额书“肉身宝殿”，下额书“东南第一山”。东侧有明刻石碑《地藏圣迹碑记》，与塔基相平横一巨石，似人工洞顶，南面镌刻横幅“磐石常安”，北面是“神光异彩”。大殿四周回廊上方，雕梁画栋，仙鹤、麋鹿等珍禽异兽，牡丹、灵芝等鲜花奇草，栩栩如生、鲜艳夺目。回廊石柱上刻有楹联，分别是：“誓度群生离苦趣，愿放慈光转法轮”“心同佛定香火直，目极天高海月升”“福被人物无穷尽，慧同日月常瞻依”。三副对联的首字连读是“誓愿心目福慧”，有“心中眼前不离地藏，终能福慧圆满”的寓意。

其介绍文字，让人了解到：神光岭地藏庙能够开辟为大愿地藏王菩萨道场，缘起于朝鲜半岛南端新罗国僧人“金地藏”的修道故事。新罗国王族金乔觉，二十四岁时削发为僧，在唐玄宗开元年间来华求法登上九华山。在山深无人的僻静地方，选择了一个岩洞栖居修行。当时，九华山是青阳县闵员外的属地，金乔觉向闵员外乞求一袈裟地建庙，闵员外不假思索，慷慨应允，说：“为了建庙，要几亩或数顷都不在话下，何况只是区区一袈裟之地！“只见金乔觉将袈裟轻轻一抖，展开袈裟后，袈裟竟然遍覆九座山峰。闵员外十分诧异，大开眼界，心悦诚服地将整座九华山献给T“菩萨”，并且出资为艰苦修行持戒精严的高僧修建庙宇。寺院建成，金乔觉修行道场和收徒弘法。金乔觉由此威名远扬，许多善男信女慕名前来礼拜供养。闵员外先让儿子拜高僧为师，后自己亦欣然皈依，精进修行。现在，圣殿中地藏菩萨左右的随侍者，就是闵员外父子。九十九岁高龄的金乔觉于农历七月三十圆寂。其肉身放在缸函中三年，仍然“颜色如生，兜罗手软，罗节有声，如撼金锁”。佛经说：“金锁骸鸣，是菩萨应世。“弟子们认定金乔觉是地藏菩萨转世，尊称他为“金地藏“菩萨，这庙宇成为僧侣及民众的朝圣之地。

接着参观圆通寺。导游介绍说：圆通寺是明朝开国皇帝朱元璋创建的。在战乱时期，朱元璋带领将军们来九华山后山，察看地形，见这里四周环山如城，山势峭拔，四季烟云缥缈，常有“莲峰云海”美景显灵。于是安营扎寨，排兵布阵，打下江山。朱元璋当皇帝后，在这里建庙供佛。这里遂成九华山的主寺，是九华的“总丛林”。寺庙门前，一座圆形广场，广场中间有一个月牙形的莲池，叫月牙池，作为地藏放生池，供人放生修福。

导游神色庄重地对我们说：“朱元璋，和尚当皇帝！这是天大的传奇。有这样的结果，只能用命运注定来解析。佛道讲行善积德修来世，说人生前途由命运主导。我们每一个人都生活在相同的世界上，有人生活得好，有人生活得不好！为什么？是因为每个人前生前世的行为不同，所以有今生今世的不同报应。今生今世做人做事行善积德修来世，来生必有好报；今生今世做人做事行恶造孽，必然有所报应。这就是人世间许多令人匪夷所思的传奇故事的因果由来，人生前途变化难以预测！”

哦！我被震撼了！导游是普通百姓，却能讲出命运主导人生的一番话，可见这里的人对佛教悟道的深情笃意。

游览完圆通寺后，我们回到夜宿的家庭旅馆。根据导游的提议，晚餐有些特别，主吃野味石鱼煮石耳。导游介绍说：“这石鱼是九华山里的特产野味，养净了以后，无肠无肚，特别鲜美。山洞里的石鱼是国家保护动物，严禁捕食。现在科学发达，可以人工繁殖。野生的要保护，人工养殖的必须吃用，才能加快石鱼人工养殖事业的发展。”

我们同意导游的提议，于是坐好，等待就餐。

只见店主用大捞勺从水池里舀上来了三尾石鱼，一称，说一斤半。石鱼蹦跳着，然后就蹦到了榕树枝上挂着的一个如罐似的铜锅里，下面是炭火炉，锅里正为我们烹着汤水辣汁石耳。

导游介绍说：“石耳是一种真菌和藻的复合有机体，长在石头上，是多年生植物。分布在高山悬崖上，阴雨天像菇，俗称地皮。性甘平无毒，能明目益精，是高级绿色食品，供不应求。石鱼煮石耳，是最高级别的野味！”

我们听着导游介绍九华山的奇珍物种，看着店主为我们烹制菜肴，过了一会儿，晚餐开动了。我们坐在群山环绕绿叶成荫的家庭旅馆厅堂中，品尝山珍野味，议论着各种各样的社会现实和人生传奇，吃得好快活。

忽然，朋友说：“在一份考古杂志上，有这样一种讲法：说人类并不是猴子演变进化的，而是从水生动物进化的。说人类是来自水里，长在水里，上岸以后进化成为人！如果这种结论成立，鱼与人类应该算是近亲，是鱼养活了人。就像花的开放是为着蜂蝶来采蜜，鱼的生成也是为着填饱人的肚子，而水池里的石鱼就是等待着喂养人类，这是命中注定，这应该也算是佛道轮回的一番道理吧。”

导游说：“先生有见识，世间万物就是这样子共生共荣的。我们民间相信生死轮回，死后会投胎转世。说人死后魂魄会被厉鬼牵引，去阴间地府报到，接受阎罗王的审判。阴阳分隔有一条奈何桥，日夜都有游神恶鬼把守。桥面险窄光滑，沟深渠宽。桥下血水横流，腥秽吓人，虫蛇满布，波涛翻滚。如果人生在世做坏事，是坏人，厉鬼会把你的魂魄堕入河中，就似《西游记》中描写的那样：铜蛇铁狗任争餐，永堕奈河无出路。地藏菩萨教育人修好，说阴间奈何桥恐怖，叫人今生做人要做好事，也要为来世做好事，要为来世修好，积德行善，收获吉祥。多做善事，有回报，来世投胎，会获得新生！”

吃过晚饭以后，反复思考导游的悟道性语言：“朱元璋和尚当皇帝……佛道讲行善积德修来世，说人生前途由命运主导……”夜里，做了一个梦，梦见了地藏菩萨，他似乎在对我说什么，可始终听不明白，好像与石鱼有关系，又好像是说包拯做了阎罗王……醒来想起了小时候看过的一本书《三侠五义》，有一段说包拯扮演阎罗王审郭槐狸猫换太子的故事。世俗观念，讲现世现报。包拯刚正不阿，执法严明，是人们心目中阎罗王的最佳人选。阳间之冤，阴司报应。所以必须由包拯做阎罗王，才能了结冤案。阎罗王属于地下大神，按道教的神系划分，神比仙低一等，神都是被仙和人册封的。佛教信仰传入中国，它与中国本土道教的迷信相互

影响，演变出具有中国汉化色彩的地藏菩萨信仰：慈悲为怀，行善积德，

因缘果报。要生当人杰，为国争光，为家争福，为己安康，为人服务。

对于命运注定人生前途的理解，我想了很多，觉得，要从两个层面看命运：一是命，是人生中一些注定的固定了的东西，比如家庭环境，个人的秉性、能力等；二是运，是人生中相对不固定的东西，比如偶然出现的机遇。命和运共同构成了一个人的全部。俗话说，机会总是垂青有准备的人。一个人的前途，一个人成功与否由两个因素决定，一是个人的因素，二是外界的因素。所谓的命运好与不好，是这两个因素共同作用的结果。应该说，“命”的因素和个人关系比较密切，每个人都很难通过个人的主观努力来把控命；而“运”的因素，则是客观的环境条件，基本上可以说完全不是个人能够把控的。人生结果的好与不好，比如一个人一生获得财富的多少，是个人因素和外界因素共同作用的结果。现实中，运的因素对结果的影响大，命的因素影响小。作为个人，多努力，多思考，靠努力，靠奋斗，才会有“命运好”的结果。

我对人生传奇、对人生命运的困惑，在九华山想通了，释然了，令人欣慰，真不枉此行！

江河颂史诗

2011年7月，我因参加惠州市作家协会文学创作采风会，来到象头山。

这一天的下午，我和其他四人共同乘坐商务车前往象头山。从高速公路上下来，经过四角楼，向象头山国家自然保护区的迎宾馆进发。盘山公路依着七级电站的河溪弯弯曲曲，上坡下谷，徐徐慢行。司机是年轻人，第一次穿越大山峡谷，难免有些紧张，行进得特别缓慢。这也正合我们的心意，司机开得慢一点，一则安全，二则我们也可以多多欣赏道路两侧的美丽山水景观。

我把车窗玻璃放下来，如饥似渴地享用着小金河幽谷的壮美，欣赏着盘山公路别具一格的风景，体验着路弯、逆坡、上行的情趣，心里特别高兴。看见谷深林密，听见水声潺潺，点头赞赏。路两边高山重叠，古木参天，云遮日蔽，怪石跳跃，不由自主，暗自赞叹天地造化。面对象头山那独特的清静秀色，我好像增添很多灵气，整个身心都融入山野的清幽静谧之中。

顺着弯弯曲曲的盘山公路，望着车外的景物，回味改革开放以来经历过的许许多多有趣的故事。有些人的作为，似斧削刀刻一样永远定格在心灵之中。触景生情，第一次到象头山的往事又浮现在脑海中，那情景又历历在目……

象头山山谷中，顺着小金河溪流的走向，在1970年建设了当时算是重大工程的七级水电站，七个形状不一大小不等的小水电站蓄水库散布在溪谷中，犹如天上的北斗七星，镶嵌于高山密林之间。人工加天然的石壁岸堤，绚丽壮观的泄洪瀑布，碧绿如玉的水潭闪亮，各具特色，遥相呼应。那景致美丽，令人叹为观止，因此被命名为象头山七星湖，成为一大景观。

1981年，我当农业技术员，专业植保，曾撰写过农田推广使用化学除草实验总结报告《惠州市郊农田草害及化学防除》，并获得广东省农业科技推广成果三级二等奖。领到一笔可观的奖金后，我在西湖边的 X 记野味店宴请农村协作生产队的骨干农民朋友。其中一个农民朋友告诉我，他经常到象头山捕捉蛇、穿山甲、金钱龟、猫头鹰之类的野味，卖给西湖边的野味店赚钱。说要带我去象头山玩耍，参观七级电站，到七星湖游泳，到山上捕捉金钱龟……我欣然接受邀请，约定第二天前往象头山。

那天，我们一大早起床，吃完早饭后带上午餐点心，各自骑辆自行车，顺着小金河溪流建筑七级电站的盘山大道泥沙路上山。坡度大的地方，推着自行车步行，坡度小的道路，蹬上自行车奋力向上，你追我赶，好不快乐。

到了电站第七级，纵目四周，只见原始次生森林，层层叠叠，苍翠滴水。幽林海上，犹如绿云，又似海浪，层次分明，丰富多彩。微风吹来，绿浪翻滚，花香四溢，沁人肺腑。间中可见红的、白的、紫的，花花点点，各色各样，点缀其间，使人心旷神怡。高山之中，古木高耸，遮天蔽日，各种藤蔓，星罗棋布，纵横飘逸，给人一种特别的享受。竖耳聆听，但觉万籁微吟，清幽感人，加之不时传来的虫鸣、鸟叫，形成一种别致的音乐，叫人乐不思蜀！这是一种深沟山嶂所独有的静谧，似乎有音乐轻弹，让人惊叹大自然的美妙。

停放好自行车，我们直达目的地——一个山溪谷地坪。草草吃过早上准备好的午餐以后，顺着溪谷而下，搜索蛇、石蛤（棘胸蛙）、金钱龟、穿山甲……

朋友带着我顺着溪流方向走去的时候，首先看到一条足有三十多斤重的大蟒蛇。可惜没有任何工具，只抓到尾巴，因力不支让大蟒蛇脱走了。接着是在山溪中，我们抓到十多个石蛤。抓石蛤很过瘾，只见那些足有三四两重的大石蛤，都是四脚朝天地在溪边的石块上晒太阳，听见来人的脚步声之后，收起四脚，滚落水中，却是在水底伏着，不再动作，只要小心地去捉，一定可以把它抓住。如果惊动了它，它一个纵身就不知藏匿到哪里去了，再也抓不着。

最使我兴奋、记得最清楚的是我们在一个溪流潭中抓到一大群金钱龟！当我们来到山溪一处小水潭，看见几个大大的金钱龟，在水潭边上晒太阳。听见我们行动的声响，它们立即爬入水潭中去。朋友笑着对我说："今

天，可以大丰收了。你把这个网袋拿住了，我下水去搜捕金钱龟。“

朋友下到水潭中，顺着水潭边的草蔓慢慢地摸索，只一阵工夫，便抓起来一只如碗盘大小的金钱龟，扁平的背骨龟甲上有三条明显的金钱线纹，金黄色的大头，不时伸出来看看四周，粉红色的四个爪子，伸出来舞蹈，它想挣脱逃跑。朋友说：“这是一只雄性金钱龟，有两斤多重，等于一百二十斤稻谷的价值！可以卖十多元。”

说完，朋友高兴地把金钱龟装进网袋，然后又回到水潭中搜索。在这个水潭中，一共搜索捕捉到大大小小十三只金钱龟，其中有一个高背雌性金钱龟，足有三斤重。其他大小不一，有扁背的雄性龟，也有高背的雌性龟，总共可能有二十多斤。我们很高兴，朋友也是有所牺牲，身上有多处地方被蚂蟥叮咬至流血。他却满不在乎，兴致勃勃，又忙了好长一段时间后，他确信这个小水潭的金钱龟已经被搜捕完毕了，起身，结束捕捉。最后，他打开网袋，把里面两个小的拿出来，放回水潭中，说：“等它们长大了，再来捕捉。“

我们兴高采烈地回到停放自行车的地方，骑上自行车，顺着山道下坡往回赶。

忽见沿着引水渠的山腰处，有一块巨大的石壁，赫然高挂在青山草木之上，左右两侧，各有一挂雪花四溅的落水瀑布，右边的水量较大，从山洞中奔泻而来，犹如白练，急跌直下，发出“哗哗”声响；左侧的瀑布水量较小，更似轻纱，沿石壁轻轻滑落，慢慢流动，进入引水渠就不见了。它们双双对对，交相辉映，恰如情侣，形影不分。朋友笑着告诉我：“这是七星湖中最美的鸳鸯双瀑。“

不一会儿，我们来到第四级电站的蓄水库。这是一个碧水潭，只见八十多平方米的圆形水塘，挂在半山的溪谷之中，清澈碧绿的潭水，深藏于崇山峻岭之间，融成一个和谐宜人的翠绿世界，别有一番美妙。水塘的边上，有一块花岗岩坪，左边的石壁处，有一个形似金钱龟头部的石头，中间有一个椭圆形的孔洞，好像龟头张口，静观潭水，正准备爬行其中。水潭浅的地方，清得见底，水光透明，有几尾叫不上名称的小鱼，正在水中自由自在上下浮游，好像要与来人说话交流。深的地方，水色绿得深邃，空中白云与山上青翠，同在其中，就似一幅美丽的山水画，真有“山随水影动，人在画中玩“的动感。

我们很兴奋，决定去水潭中游泳。我们放好自行车，除去外衣，脱下裤子，下到碧水潭游泳。

直到太阳下山，山谷中被黑色笼罩时，我们才结束游泳，起身离开碧水潭，在湿得滴水的泳衣外面，穿上衣服，回到盘山公路，骑上自行车，飘飘欲仙地下山，回家。

真是乐极生悲，到坡底的时候，泥沙路中的一个小坑把我的自行车绊倒。我跌倒了，腿上撞了一个窟窿，流了很多血，留下一个疤痕作为此次旅程的纪念！

现在，泥沙路变成了混凝土道路，象头山变成了国家自然保护区，真是天壤之别！回想起来，我又一次沉浸在当时的意境之中。虽然还有些兴趣盎然，可是心中也有了一种自责的感觉，当初真不应该去捕捉国家级保护动物……

我们的车子来到了象头山国家自然保护区的办公所在地。保护区区长和一班员工迎接我们，帮助大家安顿好。

第二天开会。

第三天，我们游览了象头山，参观了世界顶级抽水蓄能电站。

象头山，因为山顶上有一块巨大的岩石，远看就像是大象的头颅，所以得名，也叫象山。山顶，巨石突兀，横七竖八，形态各异，处处挡道。在天际之间，有一块极大的卵形山石，挺立在山顶险峰。它不浮不躁地在静观世间万种景象，处变不惊，好像在耍笑；它的身边无数的缓缓滑落的乱石，缺乏稳度，忍情逃荒一样，隐没在苍林绿海之中，或者是被大自然的威力斧劈刀削，急跌直下，掉进万丈深渊。风云顶那块巨石处于险峰，摇摇晃晃却又稳如泰山，让我心中感叹：“做人就要与这块大石一样，任凭天险地裂，屹立其间，完成使命，实现自我！”

眼见山高石怪、溪谷清幽、飞瀑急倾、平湖明珠，心情格外宁静优美。自然酣畅的山岳风光，生机蓬勃，风景秀美。来到蟹眼顶，站到最高的石块上，俯视身下的电视差转台和无线电信台，但见水泥台阶沿石壁曲折而上，直达山顶，四周陡壁峭岩劲风迎面，真有点心惊肉跳。极目四望，有“一览众山小”的自豪气概。

享受山美林密的景致后，眺望东江，那玉带一样的秀水江河，从老远的云雾缭绕的东边山丘中出来，缠绕着绿油油的田野和突兀的建筑物，缓缓地弯弯曲曲地向西而去。东江，惠州的母亲河，锦衣玉佩一样自东北向西南蜿蜒。那远山的蹉跎，近山的墨绿，似乎是在诉说着客家人的历史变迁。往东北方向望去，只见号称“世界第一的智能化抽水蓄能电站”的上下两座水库，犹如两面巨大的明镜镶嵌在群山峻岭的秋色之中，四周是原始森林，平湖秋光，在微风的吹拂中碧波荡漾……面对雄伟壮观的山景美色，身处这秋天里的青山绿水，林木浓郁，轻云飘忽，秋高气爽，那么宜人、热烈，感觉舒服、惬意！看见山下的许多现代化建筑物，星罗棋布，繁荣昌盛；田野苍苍，秋收一般的别致金黄色，叫人L、旷神怡。

象头山的历史变迁及其人文内涵，让人深思、振奋。据考证，秦始皇时代（公元前 214 年）建立了傅县，即今天的博罗县。象头山上的范家围附近，聚居有古越族人，垦荒耕种，形成村落。改朝换代，战乱变化，象头山凭它的山高林密，成为附近乡民的避难之所。古越族人，有的被赶走，更多的是被同化，高山深处，成为苗、瑶、汉人的居所。中华人民共和国成立之后，居住在象头山上的居民，逐渐迁至山下平地，与外来的客家人同化，分田家居，成为新客家人。大家都以“客家人”为荣，顺心顺意。象头山下，村民新老客家融为一体，形成客家风俗的村庄。这也是一种汉化过程。遗迹中有不少抗日战争和解放战争的英雄足踪，让人铭记这里在现代革命史诗中曾有过可歌可泣的故事。

山上的田地，连年荒弃，成为各种植物的繁殖沃土，非常盛茂，却慢慢地侵占了房屋。这些房屋因无人修整，如今已全数崩塌，只剩下那些建筑材料基础竖石，永远残留在山上，提醒人们这些高山密林之中，曾经是人类聚居繁衍后代的风水宝地。

象头山美景以自然景色为主调，同时，人为的文化遗存也非常丰富，现代建设成就也令人瞩目。高山明珠七级电站是中华人民共和国成立以后新一代“愚公”用血和汗建设成的，是世界顶级智能型抽水蓄能电站，彰显了现代高端科技的成果，是改革开放政策带动飞速发展的美丽画卷，让人感受到科学技术对社会经济发展的重大贡献。我由此及彼又想到积蓄与转换的必要性与可行性。创造财富，积蓄财富，并且能够很好地转换使用，使功能最大化，可以在国民经济中发挥更大的作用。象头山升格为国家级自然保护区，是国民生态意识提升的表现，是惠州国民经济迅速发展的表征。这一切也都是国家崛起的伟大成就的光辉缩影！

作为本土作家，我们有责任歌颂东江流域的时代史诗，让人走进东江流域历史进程的时光隧道，感受农村和城市变革时代的史诗风流、发展轨迹。现在，我作为一位东江流域改革开放历经沧桑的参与者和见证者，站在高山之上，用较高的高度、独特的视角，以一种历史的、哲学的和美学的眼光和视野，诠释和品味东江文化现实社会世相的时代性，为东江流域客家人历史变迁史诗而感到激情无限。想到改革开放以来，我们走过的道路，虽然如江河一样弯弯曲曲，可还是硕果累累。东江流域的变迁也与国家的变迁同步，走上康庄大道，向前发展，兴旺发达，奋勇前进！

海湾存真情

在纷繁嘈杂的尘世中，要让心灵有纯真的自然之旅，不要被沉甸甸的工作掌管，浑浑噩噩地追随名利，就需要不时给心灵放一个假，到静寂的山上看野草黄花，躺在花里仰望澄澈的天空，听听似有若无的潺潺溪流；或者是到大海边，在旷野之中，享受海风的激烈、海水的汹涌，让心灵找到久违了的自由。

2012 年年底，我们一家人来到如梦境般的惠东巽寮海岸，住进“金融街·凤之岛”假日酒店。我站在二十二楼客房的阳台上，向大海眺望，俯瞰晶莹剔透的海洋浪花，那一望无际的蔚蓝海水，怀抱着广阔的视野和浪漫的落日，荡漾起了海平面上独有的五颜六色的涌潮波澜。海水摇曳出一片一片光波，如无数的刀在飞舞，刹那间，整个海面陡然翘起，似乎要颠覆过来……真是壮观，是难得的一种享受！这一年，对于我来说真是双喜临门，实现了两大丰收：一是建筑面积约有十二万平方米的房地产开发项目“海燕·绿岛商城”已经竣工交付使用，一楼市场“麦德龙”国际品牌超市商场已经顺利开业；二是经过严格的资质审查，我加入中国作家协会的申请获得批准，成为正式的国家级作家，梦想成真，兴奋不已！

在如梦境般的惠东巽寮海岸，我想起了，1976 年，第一次去大亚湾的情景。当时，我参加社会主义路线教育宣传队，应队友邀请，到他的家大亚湾澳头马庙村里去摘荔枝。从惠州到澳头中间经过淡水镇，一路都是弯弯曲曲的山间道路，加上公共汽车不断有乘客上落，虽然只有四十多公里的路程，还是走了大半天，中午才到达海边澳头镇。

从澳头车站出来，朋友叫了两辆载客自行车，我们各搭乘一辆，抓紧时间去他家。在海边山丘的羊肠小道上，自行车跑得很快，半个小时后便到了他家。

队友的母亲正在家里忙农活，看见儿子带了朋友回家，高兴得合不拢嘴，急急忙忙地洗锅做饭。

吃过中午饭，队友带我到他们家的后门地坪，那里有两棵很高大的荔枝树，一棵是桂味，果子已经被采摘了，树上随处可见采摘果子时折断的枝丫，树底下也有许多残枝枯叶；另一棵说是仙婆果，因是晚熟品种，树上还有红红的荔果挂满枝头。朋友说："大家都是这样摘果子，枝丫伤损太厉害。荔枝的大小年，跟采摘果子的方式方法也有很大的关系。"我说："你的祖先真厉害，桂味是早熟品种，是优质荔果，可以卖个好价钱。仙婆果是晚熟品种，也可以卖个好价钱。"

队友用钩子钩住一簇仙婆荔果，用力把它拉下来，枝丫断了，一串荔果掉在地上。他走过去拾起来，递给我，说："你尝一尝，又甜又脆！"我接过荔果，笑着说："你这样摘法，也是破坏荔果树枝丫。"

队友母亲和两个青年担着梯子和几个箩筐一起采摘荔果。队友和那两个青年顺着梯子，爬到树上，采摘起来。我帮着队友的母亲，把摘下的荔果装在箩筐里。摘了满满的两担荔果，足有两百多斤，大家好高兴，要挑到澳头市集去卖。

队友的母亲说："你可别小看这么两棵荔果树，每年的收益都可以抵上两亩多水稻田。一亩田收获三百多斤稻谷，八元钱一担谷，一亩地一季也不过是收成二十多块钱。单这一棵仙婆果已经摘到荔果两百多斤，一斤两角钱，十斤两元，一百斤二十元，两百多斤有四十多元。桂味已经卖了二十多元，加起来有六十多元。"

听着队友母亲津津乐道，看着光芒四射的阳光透过浓密的荔果枝叶洒出花花点点的光斑落满地坪，我感觉格外甜蜜。

摘了荔果以后，队友陪我到大亚湾海边看海。

初见魂牵梦绕的大海，我喜不自禁。海面犹如一幅美妙的原创画轴，映入心田。还没到海边，远远就听见天地之间发出的浑厚、深沉、低徊、有力的海水冲击海岸的声音，那是海神真情的呼唤。我奋力朝着阻隔视野的花岗岩岸边上冲刺。顷刻间，我被惊呆了，只见高远明澈的天穹之下，盛满一池玉液般的蓝色琼浆，清幽生辉，瑰亮圣洁，寥廓空灵，肃穆安详。

我仿佛来到神话般的国度，如痴如醉，顿觉有一股让人灼痛的热流滚过胸前，恍恍惚惚间被一种发威的魔力带到梦幻般的世界。我不得不对大海肃然起敬，行了注目礼之后，朝山隅海暇间的银色沙滩俯冲过去，急不可耐地去踩沙踏浪。然后，虔诚地跪在沙子上，掬一捧海水往嘴里送，让咸腥的味儿满嘴乱窜。待尝到海水确是咸质苦涩难咽以后，张开双臂，仰头呼喊：“大海呀，我可来啦！”

1987年，第二次去大亚湾。那时候，我在乡镇企业局业务科，陪省乡镇企业局业务处领导，到大亚湾亚婆角我们局下属公司的海虾养殖场检查虾养殖工作情况。

看过海虾养殖场以后，我们到海滩漫步。走在沙滩上，脚下感受着那细如粉末、质地晶亮的沙子，我寻思，银一样的沙子，密密实实，为啥这么坚韧、温馨。一种依恋的感情油然而生，能在这儿多待一阵子就更好了。但因赶着回去吃中午饭，朝前走了一段路程的沙滩后，不得不往回走。

中午吃饭的时候，听当地干部诉说了许多与大亚湾有关的故事，听后，我很是感动。

他们告诉我们，大亚湾是南海伸入大陆镶嵌得很深的一个古老的内湾。大亚湾的内外，山水相依，缱绻缠绵。大亚湾的海水，迷人而多情，三面环绕大山，伸长臂膀，融洽大洋彼岸。大亚湾的冈峦，挺秀而常绿，因为海潮无时不在为它弹奏着青春的欢歌。大亚湾的海浪，沐浴松涛惊叹，餐饮海水天风，长相厮守，永葆生机。在逶迤绵亘的海岸线上，近代中国演练过不少威武雄壮的话剧。缨络般的蔚蓝海面上，深藏着比海水更为苦涩的民族劫难。威震四海的“东江纵队”在湾畔跃马横枪，谱写了多少像抢救文化人、北上抗日那样的彪炳业绩。我仿佛看见，“南蛮之地“四个灰苍凄迷的大字，写在尘封千年的海崖之上，多少有识之士从辽阔的北国被放逐到海隅地角生息繁衍，汇聚成有南国特色的历史文化。我仿佛听到，半个世纪前响彻横空的流弹飞炮，日本人的战舰在大亚湾的躯体上犁开了悲风黑浪，由此四路登陆，开始了对华南人民的血腥蹂躏！在大亚湾抗日救国风雷逐浪，民族英雄气概充分发扬，汹涌澎湃。接着是在解放战争时，这片土地也贡献了它的力量。中华人民共和国成立后，国家扬眉吐气，人们也更加热爱大亚湾。大亚湾啊，您有太多的历史沉淀，您是一部浸透历史苦汁和革命英雄主义的教科书。大亚湾保存了真情，教人懂得应该心存什么样的祖国爱、民族恨。

大亚湾，是天然的避风良港，可是，曾因为海疆封锁、闭关自守而无所作为。现在，改革开放时代来临，希望它会欣欣向荣！

1990年以后，我曾无数次到大亚湾，对其印象一次比一次深刻。大亚湾的海底是五万年前形成的风化岩，天然航道水深二十米，可建万吨级深水码头泊位九十个，积累五十年的淤泥也不足四十七厘米，出口处有八十九个岛屿组成抗御台风的天然屏障，澳头港距香港中环码头仅四十七里，沿海腹地可供开发工业用地三百平方公里，而每平方公里平均居住人口只有两百一十人。这组数字生动表明，大亚湾有资格被开发成为深水港口。自改革开放以来，因引进国际大项目、改善投资环境，大亚湾苏醒T：璀璨瑰丽的金光从海的远端喷薄而出，天边旋即燃起的冉冉红霞驱散了夜雾，大亚湾将滚动着的太阳捧进自己炽烈的怀抱，而流泻的金波在辉映得铜蓝的海面上一路跃动，激起一股催人奋发追攀的阳亢之情……我就像是头一回来大亚湾，激动、新奇、虔诚，在心目中对大亚湾行了注目礼之后，便又像当年那样从阅海楼的高处欢呼雀跃地朝码头俯冲下来，登上快艇飞翔出海，迫不及待地去察看需要重新认识的海域，去追赶早晨的太阳。

历史的演进竟是如此难以捉摸。曾经是人迹罕至的“南蛮之地”，如今变成了改革开放进程中的淘金场；封闭得连河流都避而远之的海湾如今通向了祖国大地和五洲四洋。大亚湾畔现在成了全世界有识之士和商贾厂家频仍注目的投资热点。举世瞩目的大亚湾核电站在特区傍海而立，全国最大的中外合资项目南海石化项目已定址其间。大亚湾畔投资环境日新月异，铁路正在铺设，高速公路正向特区伸延，数不尽的海滩变成了红楼半露、琉璃掩映的海上乐园。不久的将来，从深圳特区盐田港出发的一条滨海公路，将把大亚湾的所有金子银子一样的奇妙海滩，连接成一串发亮的珍珠，成为南国最为温馨迷人的地方。不得不说，没有改革开放，就没有今日的大亚湾，是改革之路开放之路使大亚湾通向更为美好的明天。

我心里赞叹：大亚湾啊，我多么想化作一滴圣洁的海水，融进您那无边的蔚蓝，汇成您激扬奋起的新浪，去抒写改革开放新的壮美礼赞。

时隔多年，今天的我，在惠东“金融街·凤之岛”假日酒店用过晚餐后，我独自在海边漫步，认真思考，做事业的人应该怎么样进行自我修养？应该怎么样寻找人间感情寄托？应该用怎么样的真情去耕耘事业？

海边的苍穹，月亮高挂，繁星密布。我想到，一个人的事业耕耘应该具有怎么样的情趣？改革开放以来，国内外的变化真是天翻地覆，自己也是受益者，算是事业有成！由一个打工仔转变成为国家公务员，创办企业成绩斐然从而拥有较多的物质财富，更令人高兴的是后来又圆了作家梦。我能有这样的业绩，是时代形势发展的使然，也是自己把握机遇努力奋斗的结果。

我在反思，改革开放以来，人们在各行各业奋斗不息，但成功率并不高，几乎都是速生快死。人们创办企业，都在不断地重复着“一年发家，两年发财，三年倒闭”的轮回。在这种快速淘汰的过程中，多少人逐财富有成，曾经一度风光无限，在突然暴富中名利双收，可又转眼之间财富如浮云，不是被长江后浪推前浪搁浅到沙滩上，就是在激流勇进中迷失自我，甚至在不知不觉中消失。其中不乏有人英年早逝，或跳楼自杀，或锒铛入狱，或远走他乡……这些失败者有不同的失败原因和不同死法。诚然，事业有成者也各有烦扰。我似乎有一种不祥的预感，一个人的事业再怎么成功也总有光环退却的时刻。创业有成者的成事之道是什么呢？耕耘事业的立足点应该放在哪里呢？

我国的经济发展路径造就了企业的卓越时代，捕捉到这一卓越时代的企业家纷纷崛起。20 世纪 80 年代，商品经济大潮席卷而来，敢为人先的小商小贩摇身一变，成为风云一时的企业家；1992 年邓小平南方谈话以后，制度改革的红利铺天盖地，又成全了无数的成功人士；2000 年后又逢高速工业化、城市化、信息化的排浪式的红利，捕捉到时代机遇的各路企业大佬纷纷崛起，成为企业巨子。时下，物质生活的富有，带来的不是预期中的幸福感，而是更强烈的不安和忧虑。这就要求我们必须从追求安康富足的幸福生活中走出来。显然，相对于对物质财富的极大渴求，人们更需要在思想层面的指点迷津。此外，还需要自身深入内心、精神、灵魂，对人生意义进行终极思考，对人生终极目标和生活意义在哲学层面上重新

进行定位：生命的意义不仅仅是追求物质财富，而在于摆脱私利和物欲的束缚，超越时空，投身人生于世所背负的责任中，并将这份责任发扬

光大。在这种人生观的框架里，就是要把为生存而工作转换成为事业目标责任而奋斗，为事业而弹精竭虑。

阵阵海浪的涛声加上习习凉风使我清醒，瞬间，我懂得海阔天空的深意。耕耘事业，要把创造财富作为感恩社会的一种生存使命、一种行为方式，似大海那么开放、那么宽阔。无所谓财富的多少，无所谓成功或者失败，敢担当、敢追求，奋斗不息，享受过程，才会收获无限快乐。我想，这应该是冥冥中宿命的真情实意，谁也无法逃避，只能丿皈从。

我忍不住爱海，就像鸟儿忍不住飞翔；我忍不住念海，就像玫瑰忍不住开放；我忍不住对海倾诉衷肠，想看到海水微笑时的模样……

快乐，是人们对美好生活的良好期盼，也是人们对天性的执着追求。常言道："事在人为，休言万般皆是命；境由心造，退后一步，天高地宽。"马克思有句名言："一个美好的心情，比十副良药更能除去生理上的疲惫和痛楚。"有一种感怀，有一份搁浅的爱，春夏秋冬，就这样淡淡地守候。春天的花开了，慢慢地会芬芳；夏天的树冠茂盛，旺旺地向上升起来；秋天硕果累累，让人开心；冬天收藏，可以缓缓归矣。夜风如泣，滑落那海水，好像淋湿了我的心扉？那片寻找归家的树叶，又要飘到何处？

人生如弹簧，没有压力会松弛，压力过大会反弹。古人说，三十而立。然而，毛泽东三十多岁还在北大图书馆当馆员，姜子牙古稀之年尚垂钓于渭水之滨。静静的人生，就是一路风景，一路歌。总在陌生的风景里，吟唱陌生的歌，拥有一段陌生的情怀。一次回首，也许就是一生的惦念，一生的守候。我相信每个人心里都是善良公正的，都知道什么是对，什么是错。倘若岁月安好，终是个人的心愿，人生，不亲自经历过，永远学不会满足……

我呼吸着湿润的带着咸腥味的海洋里出来的冷空气，享受着夜色中海滩的美丽，把这样一份真实的情感埋在心底，漫步不停，流连忘返，思考着人生的归宿，设想找一处存储真情的地方，安度晚年。

回到惠东巽寮湾"金融街·凤之岛"假日酒店，我躺在床上，思绪万千，辗转难眠。抬头窗外，无影可邀，心想独酌，无酒可醉……

2016 年，感怀对惠东亚婆角十里沙滩的美好记忆，觉得这儿占尽了天时地利，坐拥绝佳海岸风光，明媚艳丽的阳光恰到好处；背倚巍巍蜿蜒的山丘，面临婀娜多姿的海岸，清爽的空气不太干也不太湿；海岸线虚虚实实，海外有礁有岛。在这里，让人有清风吹拂、芳香融化之感。每一样东西，每一片海景，都让人爱。这里，应该是我存储真情之所，我因此决定在“碧桂园 · 十里银滩”购买一个单元商品房，了却事业归宿，慰藉用工匠精神创业、创富、创新的情怀，回报一生的辛苦。

留宿在惠东“碧桂园 . 十里银滩“新房，面对大海，盘点人生，心里很满足，感悟事业有成是苦中作乐的结果，决心退出江湖，不再参与企业商务，享受余生。

故土留乡愁

席慕蓉有一首诗歌《乡愁》：故乡的歌是一支清远的笛 / 总在有月亮的晚上响起 / 故乡的面貌却是一种模糊的怅惘 / 仿佛雾里的挥手别离 / 离别后 / 乡愁是一棵没有年轮的树 / 永不老去。席慕蓉的诗歌抒发了人类共同而永恒的对故土的眷恋，深似海洋的愁绪和怀恋、怅惘的情感。乡音的清新缭绕，笛声“总在有月亮的晚上响起“，试想一年四季又有几个晚上没有月光啊，这是游子无时无刻不在怀恋故乡的隐喻。对乡情的怅惘、对故乡的怀念渐渐遥远，时间的推移摇落了故乡的轮廓，仅剩一种模糊不清的怅惘，如雾里别离，浓似血却又隔着一层迷蒙的云雾。对故乡的模糊而怅惘的印记，是一种可观可感的具象。乡愁是永恒的，乡音缭绕和乡情缠绵，层次渐递，乡愁由模糊逐渐鲜明，没有年轮的树永驻游子心中。远离故乡的游子、漂泊者、流浪汉，即使在耄耋之年，也希望能叶落归根。

我的家乡在龙川县玳瑁山下。玳瑁山因神话而得名。传说盘古开天地，水神共工氏和火神祝融氏在不周山大战，共工被祝融打败了，气得用头去撞支撑宇宙世界的支柱不周山，导致天塌地陷，天河之水倾泻，注入人世间，生灵受灾。玄女（女娲）娘娘不忍心看着生灵蒙受灾难，于是炼石补天。同时捕折万年海神玳瑁（神龟）之足支撑四极，平洪水，杀猛兽，生灵始得繁衍生息。被捕折的神龟化成玳瑁山，小海龟依偎在玳瑁山山下，成为小锦龟。锦归（龟）地（洞）因此得名。玄女娘娘为了不让神龟走动，用一块补天用剩余的石头压在神龟的背上，这就是仙子石。同时派海龙王清理沟渣、治水，使民间风调雨顺，百姓丰衣足食、安居乐业。玳瑁山山下老百姓感恩不尽，为了报答玄女娘娘的恩德，在仙人石上修庙祭祀，庙内供奉玄女娘娘和海龙王；佛道一家，又请来弥勒佛，辅仁百姓，一起祭祀供奉。每年的9月29日，是仙人石庙的圣诞日，当日会举行隆重集会祭祀；间隔十年，打醮安龙，道士设坛祭神，和尚念经诵佛，说书劝善，搭台唱戏，烧烟花、舞火龙、过火炼，狮龙锣鼓，应有尽有，足足热闹七天八夜。玄女娘娘是女子，所以叫仙子石；庙中祭祀供奉众神，故称仙人石庙。

由于时代变化，仙人石庙宗教信仰曾经消失了几年。后来又为玳瑁山下老百姓记起，重新修庙，祭祀供奉。劝人多做好事，修身、行善、积德，造福社会。

玳瑁山下的锦归（龟）地（洞）有肥沃的水稻田和旱地，养活一方百姓，叶、曾、何、崔、吴、李多个姓氏民众共生共存，互相帮扶，安居乐业。我们曾姓人居住的旺田围是典型的客家围屋，与何姓的围屋相邻，相互依存，和谐相处。据族谱记载，曾姓始祖是四百多年前移民到这里定居繁衍生息的。

玳瑁山岭上的绿色植被，抖开了它的秀发，变得处处青绿，处处鲜花。那一堆堆花团锦簇的野花，漫山遍野。那郁郁葱葱的高大的松树以及许许多多的灌木，更是生机盎然，显示着庄严的气派。山林深处，树木生长得非常茂盛。山谷里覆盖着种类繁多的野葵和数不清的薛苔，还有一丛丛的野杜鹃、野樱草花，就像铺在地上的锦绣。阳光照在上面，发出奇特的吸引人的亮光。一个在山脉下面伸出来的小山丘，有头有脚，酷似一个爬行踊跃的大锦龟！村中的三大姓氏的居住地，呈“品”字形，分别聚集在山下盆地，都按姓氏分别叫曾屋、何屋和崔屋，似聚宝盆一样的自然村，数千亩的肥沃农田，平坦坦地摊在盆地中间。一条河溪，从东边的大山背面流出来，缓缓地绕过大锦龟山丘，又从西边的峻岭中顺流而去，注入韩江。

2010年，为了记住乡愁，我曾经捐资建筑混凝土大道，它两头尾都与村两边延伸而来的道路连接，有三千五百米长、七米宽，中间横过一条小河道，建有一座三十多米长的桩柱式横跨钢筋混凝土桥梁。竣工验收后的一天，在龙川霍山酒店，我一大早起床，驾车来到玳瑁山下，天才蒙蒙亮，晨曦薄云中，露珠缭绕，觉得别有一番灵气。

驾着轿车，慢慢地行进在自己捐资建筑的混凝土大道上，轻悠悠，闲悠悠，穿过横跨河道的钢筋混凝土桥梁，直达玳峰小学校广场，走完了新修筑的水泥村道，转了一个圈，再折回来到钢筋混凝土桥头，把轿车停放好。

我走下车来，面对这么一条高等级的村庄道路，自有一份满足的感慨，为村民做了一件好事，算是立业积德！

我抬头仰望群山，晨光中，那山峦虽还照样连绵起伏，如舞狮游龙，千姿百态。但是，大树参天苍翠浓郁的林海波涛却不见了，只剩下莽莽野草及稀疏的松林，几个大岩石乌黑黑地突显出来，顶天立地，烟缠雾绕。

“山穷石出啊！”我叹了一口气，自言自语说道，“山林毁了，河湾改直了，水源枯竭了，也难屋河沟水浅了。“我好像有种受压的悲凉的情绪从心底冒出来，面前掠过一道阴影，环境变化的事实使我觉得有点儿悲哀。

我记起来小时候在河湾戏耍玩水的欢乐和光着脚丫瞠水过河到玳瑁小学读书的艰苦。冬天里水冷得挖皮刺心，脚冻疼难受；夏天里河流水涨惊险，发大水的时候过不了河，不能上学，只好望着对面的学校叹息！现在，有了钢筋混凝土桥梁，方便了河两边村民，我心里高兴。

我又忆起我们村里过去曾经远近驰名的特产——白菊花。每年秋天，菊花盛开，那村前村后丘坪上绿叶衬托着的白花，一片一片，相互簇拥。收获后在晒场里晾晒，满地雪白，收集堆积起来，如同一个个小雪山。那景色，说多美就有多美。一筐筐，挑到集上收购站卖，远销海内外。现在呢，白菊花的踪影难觅了。只有矮矮的稀疏的外地迁来的野生山毛豆，村前屋后，枝枝丫丫，保持着蓬勃的生机。它们青葱嫩绿的叶子，还给人以宽慰与崭新的希望！

太阳还没有出来，河堤上有一排茅竹，嫩叶翠绿，生机盎然。有几片竹叶尖上挂着露珠，润滋滋，晶莹莹。清凉的早晨，给人的感受是特别的平静。

钢筋混凝土桥横卧在河道上，两个桥孔显得庄重，桥面散发着引人注目的黑色光泽，桥头的两边分别摆开呈“八”字形。草地上有叫不上名称的野花，稀疏的枝叶，散散落落地开放着红花，惹人喜爱。细看时，让人感觉到，那叶子是绿茵茵的，衬托着的花瓣红艳艳，飞丹流翠，像一团团火在燃烧，炫人眼目。

我心里在想：这野花，植根荒野，任人践踏，任凭风吹雨打，依然高贵而朴实，单纯而贞洁。在它自己的土地上，执着地坚守着确认过的信念，坚韧地贡献着自己的红颜，让人欢喜，让人满足。

站到桥中间，我回首仰视祖屋司马第，感悟着中华传统文化底蕴的深厚、生命力的强盛、道德伦理的力量。有无限感慨在心中激荡，我下意识地想到：在人们的思想观念更新转型的当下，需要重新审视传统道德伦理对构建和谐社会的重要作用。我觉得自己投资了一百三十多万元筑路造桥是应该的，也是值得的。想到这，我有一股如释重负的感慨。

面对家乡的变化，想到自然规律，想到大自然对人类的嘲弄与惩罚，也想到人们对事物的认识过程和促进社会进步的各种表现，觉得家乡前途光明，未来一定会很美好。

东边，太阳光在冲击山边的幽暗，光芒开始透过白云，显出半边的浮白。

走下桥底，面对那洁白的、干净的、清澈的溪水，我蹲下去，伸出右手，捧了一手掌的水，用嘴舔了一舔，喝了一口。那清凉的溪水真是甘甜，沁透肺腑。

忽然间，一阵“嘎嘎”声震天。一群母鸭伸着脖子摇晃着脑袋从崔屋村的房屋走出来，后面跟着个赶鸭子的驼背清瘦老头。不一会儿，待到母鸭都下到小河里去，那老头子便向桥头走过来。这是一个年纪相当大的老农民，瘦瘦的身子，步履蹒跚，走路有点儿歪歪扭扭的。那头发，那胡须，一撮撮的全白了，拉拉碴碴糊了半边的脸庞。

我立即认出来，这老人就是自己熟悉的崔福生。

我走向前去，热情地向他招呼，掏出带滤嘴的高级香烟，递给他。

他并没有接烟，睁大眼睛认真地看着我。一阵子之后，他辨认出我是谁以后，非常高兴地点头，似松树皮一样刻满皱纹的黝黑的老脸活跃起来，他沙哑着声音，说：“几十年不见了，都快认不出了。看你也是满头白发的老人了！”

他把大拇指竖起来，在我面前晃了晃，大声喊一样地说：“好！好！你是我们心目中的大好人！筑路造桥，做善事，阴功积德！”

崔福生老人还是老样子，讲起话来，大声大气的。

也真是的，我总在期望做好人！现在，真听到有人称赞自己是大好人，反而感觉不顺耳，答话像是有点不知所措支吾着、应和着，又把香烟举到了他的跟前，顺着他的口气，说：“好人一生平安！我们都是大好人！”

崔福生有礼貌地推开我那敬烟的手，说："我还是抽草烟有味道。"

崔福生把牧鸭的竹竿往桥边一放，站定后，掏出烟丝盒来。

我看清楚了，那烟盒里面装着满满的刀切烟丝，我内心立即涌起无限的感慨，赞美地想：老人守旧，是在守护着他的价值观念！

只见崔福生老人非常娴熟地把烟丝用白色米纸卷成喇叭，放到嘴里，转动了一下，打燃火机，点着喇叭烟卷，深深地吸了一口，吐出浓浓的一个烟卷，然后又吸了几下子。他盯着在河沟里戏水的鸭群，沉浸在赞美新生活的喜悦之中，无限感慨地说："你曾老板有钱、有财富，又能为乡亲们做一件大好事！我们都为有你这样一个好乡亲而感到骄傲！感到有福气！"

听着崔福生老人的夸奖，我并没有插话辩解，只是微笑着，不置可否地摇头。我看见崔福生老人那样慈祥、那样坚定。他的表情告诉我，他是在尽情地享受眼前的生活，享受他自己的财富。我心中涌上一股激情，感到无限的钦佩，以及无限的感激。许多往事，过去的苦日子又历历在目。我心里是这么想的：人们都希望获得金钱、享有财富，但是，拥有金钱不一定就拥有财富，人世间其实还有很多另类财富，只是很多人不容易体会到有另类财富可以无穷无尽地享受。如果能够体会到其中的美妙，就会有无限的享受。我们游走大地山河，大地山河就是财富；我们看到日月星辰，日月星辰就是财富；我们浏览公园、博物馆，公园的风景、博物馆的收藏就是财富。这一切，我们都可以快乐地享受！

过去，农耕文明时代，人们自耕自食，自织自衣，不求助于人，也不会感到缺少什么。如今，财富物质化，用金钱来比较，有贫富之别。但是，在另类财富方面，大家都是平等的。比如一个人的气质，气质是财富；各个人都有程度不同的诚实、气度、惭愧、信仰、家庭和谐、社会名望，这些都是另类财富。有了对另类财富的认识，可以其乐无穷！有些人欢喜金银财宝，如果没有健康，终年疾病缠身，这样的人快乐不起来，金银财宝再多，股票再多，人生意义在哪里？拥有健康，双手能动，双脚能走，双眼能看，双耳能听，享受健康就是享受另类财富。世间有形的物质，包括黄金钞票、有价证券，不知足的话再多也不会满足；相反，虽然不是很有钱，但是有满足感，时时都觉得自己日用很充足，心情很舒畅，有感恩之心，常怀感恩之情，心里很富有。有一些人，发财致富以后，会回想过去帮助他发财的恩人，用种种方法回报恩人。有人说，“施舍比受益快乐“，就是因为受益会产生惭愧之情，所谓受之有愧。不知道惭愧是人生的悲哀。惭者，对不起自己；愧者，对不起他人。有惭愧之心的人懂孝悌：做儿女的惭愧自己对父母不够孝顺，对兄弟姐妹亲戚朋友帮助不够；为人父母者，惭愧自己不能让儿女受到更好的教育、得到更多的欢乐。有惭愧的情愫，就会想到要回报他人、回报社会，成为富有的人。而施舍是一种行善的行为，是感恩社会的壮举。知感恩，知满足，看透了财富的本能，才可以享受各种各样的乐趣。

崔福生看见我在想心事，咳了一下，又接着说下去：“过去说，三十年河东，三十年河西。现在是十年河东，十年河西了！那年学大寨，河道改弯取直，我坚决反对！但是反对没有用，不敢出声，怕被扣上反对学大寨的帽子，因为这就是反对毛主席，就是反党、反社会主义，是要坐班房的！”

崔福生摇头摆脑地诉说着，他的脸上又满布阴影。停一停，他把湿漉漉的尖嘴烟蒂丢进小河里，又继续说下去：“过去，我们总想在这里修筑道桥，就是没有办法！没有能力！现在感谢你，这桥修筑好了，这村道也铺上水泥了，再也没有不好的感觉了！”

我赶紧大声地说：“修桥造路，是应该的。”

崔福生竖起大拇指，连声说：“好！好！”

崔福生说完话，接着操起竹竿，赶着鸭子，顺水流而去。

太阳从高山后面悄无声息地一点一点地蹦魅出来。当它那鲜红的光芒贴着地面散射开来的时候，每一个露珠都对它眨眼笑了。

我目送老人，心里在想着关于乡愁的命题。是的，乡愁是一个特别现实的问题，它不是遥远的回忆。当今社会，传统与现代文化交融存在。我们需要在发展中保留民族特质，就好像一个人，既不要落伍，也要有个性。多少年以来，我们把自身的特质变成阴暗面或者劣根性来对待，这是不对的。乡愁是多样化的，是多样化的思乡情绪、多样化的情感和回忆。当故乡的河流与池塘在记忆中逐渐消失，当城市的快节奏打乱了乡村的宁静，当背井离乡的人在冷漠的城市中只能靠老乡借以些许温暖的时候，我们会发现，这个社会在城市化进程中正快速而深刻地变化着，精神失落与文化重塑，乡土与城市进行着博弈，快速的工业化给我们的民族特质带来了一定的伤害。只有乡愁，在精神的另一端，联系着迫切的现实问题。当我们以实现工业化为目标的时候，能不能以消灭几千年来的乡土文化为代价呢？今后，人们的乡愁又会变成什么模样呢？

我驾驶着小轿车行进在混凝土路上，思考着如何留住乡愁，思考着如何对待人生与财富的问题。想到为村民修桥造路是拥有财富的另一类享受，有无限的感慨，觉得这样的做法，也是留住乡愁的一种方式，心中很宽慰。

老骥伏枥壮志行

——我与曾志平先生交往纪事

曾志平先生新书《成事之道漫笔》出版在即，可喜可贺！回忆这些年我与曾先生的交往，可谓高山流水，知音难觅。我想以我笨拙的文字，记录下我们的友谊，这是我人生际遇中的一段美好记忆。

从 1994 年算起，我从湖北来到惠州，当年就与曾志平先生认识、结交，至今有二十多年。我知道，曾志平先生是一个多棱的人物，要写透不易。有一个广告语：男人不止一面。而曾志平先生就有很多面，这个多面不是讲人格的多重性，而是他在社会上的角色与定位，所以不是一般的写法就能很准确地把他表述得极其完整和到位的。

如果按有些人的做法，像曾志平先生这样一位有如此成就的人，与人起初相识，定会主动派上一张精致的名片，上面准会凸显着这样一些头衔：中国作家协会会员、惠州市作家协会名誉主席、惠州市海燕房产投资有限公司董事长。若觉得不过瘾，还可以把名片折印，再加上几个头衔：惠州市乡镇企业管理局原副局长、航天科技（惠州）工业园原副总经理。若还想嘚瑟嘚瑟，名片的背面，还可这样介绍：出版小说《六如轩》《六如台》《六如亭》三部曲，企业管理畅销书《企业成功的轨迹》《CEO 的情商与谋略》《企业家生存的艺术》《一位 CEO 的商道真经》《一位企业家的创富密码》等著作。而我与曾志平先生认识二十多年，似乎没看过他派发任何一张这种张扬显摆、满世界招摇的名片。

这是一间不大的办公室，空间平面呈“7”形。7 的底部是大门，进得门来，左手边是一面书橱，一直延伸到办公室一半的位置。7 的顶部放置着一张普通的办公台，对面仍是一整面墙的书橱。如果不事先介绍，谁都不会把这间办公室的主人与房地产老板联系在一起。一是气派不够，哪个房地产老板办公场所不是宽大阔绰、金碧辉煌的？再是氛围不对，谁见过房地产老板办公室不是金玉满堂而是书籍满屋的？嗳嗨，那你就莫说，的的确确，这恰恰就是惠州市海燕房产投资有限公司董事长曾志平先生唯一的办公场所。

大多时间，曾志平先生就是在这里砌筑他的事业，打磨他的人生。或如鏖战烽火的将帅，为他的企业运筹帷幄，赢得一次又一次的胜利；或如天鹅，孜孜不倦，不舍不弃整日整夜依偎在他“作家梦”这枚蛋上，最终孵化出系列小说“六如”三部曲。这三部作品，如三只美丽的天鹅，鸾凤和鸣，翱翔蓝天。

每个月，我大概总有三两次会去曾志平先生的办公室，没有特别事情，只是因为惦念。我们坐上半小时或十来分钟，问候问候，说说话儿，喝几口茶，我就起身拍屁股走人。就像爱抽烟的人，来了瘾，吧几口就舒服了；也像爱酒的人，口里淡出鸟来时，扬起酒瓶，咕咚喝一口，也就出味了。依我和曾志平先生的关系，并不是每次去都事先给他电话，我往往做不速之客。每每是他们公司员工小崔带我进他办公室时，会在门口喊一声：“曾志平先生，邓总（这是小崔对我的尊称。我做总编已是十多年前的事了，听到还有人这样称呼自己，脸上总泛出不被人察觉的羞涩）来了。”当我进屋时，曾志平先生往往还没有晃过神来。这时，他一定是坐在那张朴实却是布满了手稿的电脑桌前，一点一滴地敲字。他的那几十万几十万的一部部小说，就是他这般像蚂蚁搬骨头一样，一点一滴啃出来的。

以前，他还十分注意包装自己的形象，头发染得油黑发亮，这往往让我忘记了他的年龄。近些年，他不染了，任凭自然。恰恰是这种自然，反而让我更加关注曾志平先生。他像一面镜子，常常照得我自惭形秽。因为年轻近二十岁的我，与他相比，常常显得慵懒和懈怠。

坐在电脑前，满头白发的曾志平先生，给了我两个感慨：那满头的银丝，可是阅历与智慧的象征！他的专业与跨界，他的挫折与坚韧，他的专注与成功，都凝聚在这满头的银丝中。那可是做一行爱一行，爱一行钻一行，钻一行成一行的标志！他所出版的书，似乎很少暴露他的出生年月。这个有意无意之举，让人难以猜度他的年岁。因为写这篇文字，我专门致电曾

志平先生，问他的年龄。他说他是 1942 年生的。默然一想，他已是

七十五六的高龄了，这可是已逾古稀，直奔耄耋的年龄啊！曹孟德先生在汉口长江边赋《龟虽寿》“老骥伏枥，志在千里。烈士暮年，壮心不已”时才五十三岁；孔丘先生在他这个岁数，已作古两年了，而曾老先生却还壮心不已。如果孔老先生九泉感知，该作何等感慨呢？看来，曹孟德先生的那句“老骥伏枥，志在千里”不是对自己的写照，而是对一千七百多年以后，一个属相为马的人奔腾不息的生命的预见。而曾志平先生恰恰属马。

我时常跟曾志平先生说：你的人生已经够辉煌了，从农业技术员做到处级，退休后又干起了属于自己的房地产事业，将自己的资本放大到上亿，商海中摸爬滚打的经历，又成就了你年轻当作家的梦想。借用微信里流传甚广的一个段子：在当官的里面，你是最贵气的；在老板里面，你是最有文化的；在文化人中，你是最有钱的，曾经也是最有权的。潘石屹出过书，没有从过政；王石从过政，不会写小说；王健林玩大把的钱，却当不了作家。这世上，能像你这样成功的能有几人？就连任正非都说，企业家最大的成功就是这辈子要出版一本书！你的书何止出版了一本？！你不要再那样拼命了。每每这时，他总是一脸笑嘻嘻地说好好好，可是没过多久，他又告诉我，他最近写了什么。这不，前些时候他告诉我最近要出一部自传体励志书稿，说过几天开一个研讨会，请我参加。

后来我从出版人邹雄彬那儿取来书稿，是一本宽大的样稿，书名叫《成事漫笔》，封面有这样几排小字：“把对事业孜孜以求奋斗不息的感悟，凝结成文字，组成文章。挑选了其中一部分，编辑成这个集子。自我鉴赏，也付诸大众，共同切磋。如果对读者有所启迪，则是喜出望外。”嗅着还散发着墨香的书稿，我不得不佩服地望书兴叹：好一个老曾！

应该说，到惠州，我进入文学圈，完全缘于我与曾志平先生的友谊。

来惠州之前，我在湖北《荆门日报》从事文学副刊编辑工作。那时，不仅编的多，写的也多，作品时常刊登在《湖北日报·东湖》副刊上，还得过国家省市级奖项。1994 年年初，我到惠州，虽然仍然在文字部门工作，但主要从事行政管理；再是初来乍到，受生活所迫，经济压力大，对纯文学开始疏远，更没有心思去参加社团活动。我由惠州市政府经济协作办公室的《现代生活报》，后被市工商局引进，进入《惠州商报》领导层。这

期间，我开始了新闻和报告文学的写作。而我与曾志平先生的相识是在《现代生活报》的时候。

一天，总编曹青对我说，航天科技工业园的老总要我们给他写一篇报告文学，说这是一个很重要的客户，这篇文章一定要写好。她说："为慎重起见，还是你亲自出马吧。"我说："我还是到《现代生活报》来才写过一篇报告文学哩，不怕搞砸了？"她说："我看过你的那篇报告文学《刘明高传》和一些散文，功底厚重，一定写得好。"

航天科技工业园设在当时称为斜下工业区的地方。我初见曾志平是在他那并不豪华的办公室。他个头不高，白净的脸上，笑容像花，开满了一脸。一接触曾志平先生，便知他是一位厚道又深刻的人，为人低调，待人亲和，就像充实饱满的沉甸甸稻穗，低调而喜气。经过交谈，原来他要写的文章，不是写他自己，而是想通过航天集团（惠州）工业园的快速发展折射出香港航天科技集团掌门人某某某总裁的"科技兴业，敢为人先"的战略思想。采访过后，曾志平先生带我坐上他的奔驰轿车，在工业园慢悠悠地打转，以便我对工业园的方位、环境、厂貌有一个大体的认识。他的车开得很稳，一边开一边向我介绍情况。一周后，我的一篇一万多字的《山登绝顶我为峰——航科集团（惠州）工业园见闻随感录》报告文学在《现代生活报》全版刊登，受到好评，由此，我与曾志平先生结缘。

在南方，流行一句话：防火防盗防记者。可见，记者给人的印象并不是像内陆地区"见官大一级"那样受人尊重。沿海流浪记者多，生存极为不易，一般都养成了白吃白喝白拿的习惯。我却是一个稍微孤傲的人，也许是因为文学情怀所致，虽然钱财是好东西，但也不能像有的人死缠烂打，盯上一个猎物就死咬不放。尽管我与曾志平先生建立了不错的信任关系，自那以后，我与他的交往却并不频繁。

1999年年底，因职位的问题，我选择了单位挂靠。2003年，我与单位签订了内退协议，自己创办了文化类机构。这时，我的办公室与曾志平先生开发的楼盘就只一路相隔。我曾到他的工地办公室找过他一次。那是一座横卧在一片施工场中的二层临时办公楼，四周全是零乱的建筑材料和设备。经过交谈，我得知此时的他正处在困难时期，一是经济纠纷；再是工程资金出现严重问题。但是，他并没有给人沮丧和颓废的感觉。他淡定地说：

办法总比困难多，会好起来的。这不多的话里，透出一股坚毅。我初创文化机构，刚起炉灶，创办了一份《惠州全民素质论坛》月刊杂志，本来是想找他做做广告，帮衬一下杂志度过初创期，听他那么一说，我没好意思开口。办企业的人都知道，媒体人造访，一般情况下，不是要广告，就是找麻烦。为了不给他心理产生压力，此次以后，我没有再去找过他。

一天，我突然接到曾志平先生的一个电话。他问我，最近有没有时间，他写了一本书，想请我看看。此时与我上次去拜访曾志平先生已是四年之后的 2007 年的 11 月了。

这时曾志平先生的处境大大改观。昔日荒凉的“烂尾楼”华丽转身，蜕变成城市繁华区域的住宅小区玉兰花园，不仅楼房销售一空，商业部分还进驻了鲁惠大酒店。他的办公室不再是简易的建筑工棚，而是设在颇有档次的鲁惠大酒店五楼了。

工作人员带我进到他的办公室。此时的曾志平先生与我以后看到他的大多数情景一样，匍匐在那张简陋的办公台上捉弄文字。他拿出三摞书稿，说：“我写了一部长篇小说，请你帮我看看，是不是那么回事。”望着厚厚的三本书稿，我惊呆了。我原以为他是又写了一部企业管理方面的书呢，哪里知道他还玩起了小说？！我知道，在此之前，他写过一本企业管理方面的书，还在《惠州日报》上连载过。我说：“从荆门到惠州，我已远离文学，你让我看恐怕不合适吧。”他说：“你一定要帮我看看。”他告诉我，书稿出来后，请惠州的一批作家开了个研讨会，结果，不是这个调侃：这哪是小说，不就是你曾志平的自传吗？就是那个揶揄：什么年代了，主人翁曹路祥与黄云秀居然“不搞进去”？！要知道惠州可是改革开放的前沿地带呀！接下来是“哈哈，哈哈哈”的一片乱笑声。这笑，虽然没有恶意，却是有讥有讽有嘲有戏弄的况味。曾志平先生说：“听了他们的评价，我心灰意冷。可是这部小说，我是用心血写的啊，请你一定抽空看看，看看有没有一点价值。如果没有价值，我就不搞了。”

丁亥年的冬天，特别的冷。我抱回《四姓人家》书稿（当初的书名），出于对年长者的尊重，亦出于对一位从没有搞过文学创作的人的作品的好奇与探究，我一连几天偎在床上，将三本书稿一口气读完。这部书虽然小说语言不够成熟，过多说理，过于直白，但故事却是极其感人。这些故事，是发生在作者生活中的真实事件，是作者的亲历感受。那些惊险，那些诡谲，那些暗斗，那些险恶，是我们作家窝在书斋里抠破脑袋也想不出来的。而我的看法，与曾志平先生所说的那些作家的观点恰恰相反。这是一部很好的小说素材，这不太成熟的一堆文字埋藏着真实生活的一堆金子，如果经过适当的艺术加工，一定是一部难得的现代商业伦理励志小说。而商业伦理恰恰是当今道德沦丧的社会所迫切需要的。_连几天的棒读，以致我的血压蹿高，有些头重脚轻的感觉。尽管如此，我还是掩盖不住内心的惊喜，很激动地拿起电话，向曾志平先生说出了我的看法，并表达了我的祝贺。

作品鉴赏，亦如赌石。果不其然，这部小说经过反复修改，最终以《六如轩》为书名（署名“石头”），很快在中国纯文学权威杂志《中国作家》2008 年第 2 期发表。2008 年 3 月《长篇小说选刊》旋即全文转载，并配有作者感言《有一种责任让我呐喊》和我为小说写的评论专稿《高山好逢流水》（署名“闻之”）。《长篇小说选刊》别具慧眼，以纪念我国改革开放三十年成果专栏的特选作品隆重推出了这篇小说。可见这部小说的诞生之巧，意义之深，影响之大。

《六如轩》的社会影响像一阵飓风，从国家级杂志，吹到了广东省。2009 年，《六如轩》被列为广东省宣传部推出的“庆祝新中国成立六十周年”文化成果之一。同年 8 月 22 日，曾志平作为“广东省庆祝新中国成立六十周年重点出版物”的作者，参加了由广东省作家协会在广州锦汉展览中心举办的 2009 南国书香节的作家现场签名售书支援台湾灾区的义卖活动。义卖现场爆棚，读者购书十分踊跃，曾志平先生的签名台前排起长龙，读者争相要求签名。在短短两小时内，运入书展的数百本《六如轩》被竞购一空。新出版的《六如轩》单行本，由省委宣传部部长林雄作序，由花城出版社出版。在十三部“广东省庆祝新中国成立六十周年重点出版物”中，曾志平先生是唯一一个地市级的单行本作者。我省著名作家廖琪、郭小东、伊始、吴君、王十月等参加了这次活动。而我作为此次活动的牵线人参加了全程活动。至此，曾志平先生也由市作家协会会员升格为省作家会员。

受到曾志平先生热爱文学和创作激情的感染，我被他带进惠州的文学圈。当然，我知道自己是在陪人走夜路，完全像演一场小品，自己只是友情客串而已，最多只是一个打酱油和跑龙套的。所以我一直以陪伴的心态与惠州作家圈保持着若即若离的状态。还是在十多年前，我就给自己断言，作家这条路我是走不通的，因为我是一个非故事型写手，而不会写故事的作家是没有影响力的。现在的文化状态和氛围，并不是像20世纪二三十年代的那批文人，仅凭千字的小品文就可以出名立世。更重要的还有另一个原因，那些自诩为作家或诗人的人，更多的不是去关心中国社会的底层疾苦，不是去关注社会的深层次矛盾，而是一味辞藻堆砌，粉饰太平；风花雪月，春风十里。以我个人的脾性，是不屑于此的。著名作家、诗人程宝林说："如果我的作品，不能写出那片大地上的苦难，和苦难中的坚韧，'诗人'和'作家'这样的称号我就不配。"我正是持这种观点，所以在任何时候、任何场合（除有人出书请我写序跋，要求署职务的以外），我不敢称自己为作家。可是，因为曾志平先生的原因，我不得不硬着头皮陪他玩下去。与我不同的是，曾志平先生凭着他的丰富阅历和坚韧精神，干劲越来越大，激情越来越高，很快进入了他的"六如"系列创作。按曾志平先生把人生分为"穷山恶水""青山绿水""高山流水"三个阶段的说法，此时的他，已经轻松步入了"高山流水"的最高境界。

一天，曾志平先生把我叫到办公室，告诉我，为了促进惠州文学事业的发展，提高本土作家的创作热情，让惠州作家多产出优秀作品在国家级刊物发表，更好地宣传惠州，他想创立一个"六如轩"文学奖。我说："既然你这么喜爱文学，又有这个能力，为文学做些事情也好。"我知道，在此之前，他支持过许多文化人。因为文化情结，他特别理解文化人的生存不易。出书，找到他，他支持；文化活动，找到他，他支持；有人想弄点小钱花花，编个幌子，打个旗号找他，他明明知道，也不戳穿，照样慷慨解囊。他因为热爱文化而热爱文化人，爱屋及乌的典故现代版被他演绎得无出其右。记得是2010年吧，一位与曾志平先生再熟悉不过的文友想买套住房，因这个文友常找他支持，不好意思出面，要我找曾志平先生帮忙说价。当时曾志平先生开发的玉兰花园第二期房子每平方米卖到了四千多元，曾志平先生一听说这事，很高兴，当即表态：三千元每平方米。并说："这样的事，我老曾支持。"没过几天，我对曾志平先生说："那小子拿不出首付款，是否能再便宜一点？"曾志平先生这时似乎有些为难了，他想了想，说："这个价已是最低的成本价了，再低我交不了差。这样吧，我个人给他五万元，让他拿去交首付款。”听了这话，我当时心里咯噔一惊：好家伙，人家卖房打折都是一个点一个点的打，他却来了个直接送。他说：做生意莫谈朋友；做朋友莫谈生意。这话的意思再明白不过：这套房子，讲的就是朋友情义！

“六如轩”文学奖的设立，标志着曾志平把一个支持文化人的单一行为，升华到关心和支持地方整体文学事业发展层面上来，形成了他支持文学事业的大格局观念。后来，我听惠州学院伍世昭教授说，曾志平先生还在惠州学院中文系设立了“六如轩”奖学金，以帮助那些发奋读书而家境贫困的优秀学子。无论是在行为层面上，还是在精神层面上，曾志平先生的这些做法，都是一个极大的飞跃。2011年，他的第二部长篇小说《六如台》也在国家权威杂志《中国作家》发表；并被列入省作家协会庆祝建党九十周年、纪念辛亥革命一百周年的丛书出版发行。不久，北京传来消息，他被吸收为中国作家协会会员。至此，他在四年的时间里，完成了从一个市级作协会员，到省级作协会员，再到国家级作协会员的大跨越。

作家梦，一直伴随着曾志平先生的一生。我们从曾志平先生的人生轨迹和他成功创作的“六如”系列小说作品中，可以感悟出这样一个道理：作家不仅仅是用文字表达思想，更是用生命演绎精神。

借惠州市作协副主席刘腾云先生对曾志平先生“六如”系列三部小说概括性的表述：《六如轩》讲述了“40后”的曹路祥们通过自我奋斗，经历市场竞争风险和政治风险的考验，从下乡知青成长为成功企业家的故事；《六如台》讲述了“50后”的文展华们创业成功后，为购买航空母舰而努力、死后遗产被纷争的故事，反映企业家精英在国家兴亡、匹夫有责的使命感驱动下，拥有财富而不忘生命价值追求和为民造福的情怀；《六如亭》讲述了“60后”大学生叶果玉们艰难曲折的创业故事，深度揭示了我国实施改革开放政策后的社会态势和人文精神。三部书分别描述了三个年代的创业者群像，却有着惊人一致的情感张力和人文品质。作者通过书中主人公的人生遭遇而为时代发声。这三部小说，再现了作者从农业技术员走上仕途，又到国企任职，再到自己创业，集官员、企业家、作家于一体的多面人生。

生命只有一次，年逾古稀的曾志平先生正是深谙生命的珍贵，感到时间的紧迫，欲将自己人生奋斗的经验保存下来、流传下去，成为人们前行可鉴的依据，这是很有意义的事情。好几年前，我陪曾志平先生到惠州学院参加一个书展活动，主办方邀请曾先生就读书的意义、作用和对人生的启迪做一个演讲。为了搞好这次演说，他还专门准备了稿子，也请我提出了修改意见。他似乎有些担心自己讲不好。我对他说："不要太书本，就谈自己的亲身感受，自由发挥就好。"那天整个演讲十来分钟吧，他起头按稿子说了几句，就完全脱稿了，现场发挥得淋漓尽致，赢得了学生们的阵阵喝彩。他的演讲，随和亲切，条理清晰，说理服人。他的这次演讲，让我对曾志平先生有了另一个想法，我对他说："你就讲这样的经验性的东西，然后把它们记录下来，出本书，对年轻人成长一定有很大的教益与帮助。"事后，我很遗憾会务安排得不周，要是那次演讲有录音，整理出来，一定是即兴演讲的一个很好的范本。现在，曾志平先生要系统性地出一本励志方面的书籍，当然是我所期望的。我们期盼这部励志书《成事之道漫笔》早日美丽登场，成为滋养人们的心灵鸡汤和励志宝典。

大概是 2009 年吧，曾志平先生因《六如轩》的成果，被惠州市作家协会聘为名誉主席。2012 年年初，我也不知所以地（可能是月亮跟着太阳走，沾光吧）被挂上了惠州市作家协会副主席的虚名。2017 年 3 月，惠州市作家协会换届，曾志平先生依然被聘为名誉主席，而我因秉持"凡事不能勉强，人格不能将就"的观点，则淡出作协了。

回顾我与曾志平先生的关系，心里甜蜜，毕竟我协助曾志平先生成就了他的作家梦，且他的成就又是那样的不同凡响。他不止一次地对我说："我应该感谢你，要不是你的肯定，我没有信心和勇气往前走。"客观上说，曾志平先生的这三部作品还并不十分完美，文本上还有许多可以进一步斟酌和雕琢的地方，但它已有的价值却不容否认。我以为作品的真实性、客观性，正是中国当代史的个人心灵史、生命史、奋斗史的陈述与记录，它映照和折射了我们当今的众生心理和社会形态。它既是具有可读性的现实主义文学作品，亦是具有社会现实写照的历史存本。这个贡献，我想远远大于他在从政与从商方面对社会所做出的贡献。曾志平先生有许多面，而他在写作上的成就和光环，成为他人生最亮彩的一面。随着岁月的演进，我的观点必将得以验证。

就我与曾志平先生的关系和我对他的了解，欲想写部他的传记。他笑笑说，不要了吧。我想也是，他自己的那几部著作，就足以体现他的人生经历和情感世界。在此，我要祝福：曾志平先生在他的人生境界的高山流水处，闲庭信步；而我也要勉励自己：打起十二分精神，为孩子们的求学和心中的梦想，继续努力。

邓三君

2017 年 9 月 30 日晚